아빠가 차려주는
만 원의 희망밥상

아빠가 차려주는
만 원의 희망밥상

초판 1쇄 발행 | 2013년 12월 25일
발행처 | 순정아이북스

지은이 | 이승환 · 토니오
발행인 | 김순정

총괄 편집 | 이수경 · 김민수
포토그래퍼 | 스튜디오 ZIP 정희원 실장, 소라소프트 이정일
디자인 | 디자인봄(정의도 · 양혜진)
푸드스타일 | 공들인 식탁 김수연 실장 · 푸드스타일리스트 이수연
촬영장소 협찬 | 푸드마케팅 전문회사 IMF 이반석 대표
진행 | 박용식

펴낸곳 | 순정아이북스
주소 | 서울시 서초구 서초동 1330-18 현대기림빌딩 704호
전화 | (02) 597-8933   팩스 | (02) 597-8934
홈페이지 | www.soonjung.net
이메일 | bestedu11@hanmail.net
등록 | 2002년 10월 8일 제16-2823호

ISBN   978-89-92337-33-5 (03810)

값: 10,000원

순정아이북스는 책과 관련하여 여러분의 소중한 아이디어와 원고를 기다립니다.

• 순정아이북스는 세상에 아름다운 메시지를 전하는 출판사를 지향합니다. 한일월드컵 1주년 기념 서울랜드 '네덜 란드 기행' 도서를 기획 참여하였고, 다문화가정의 이야기를 담은 KBS '러브 인 아시아' 도서인 〈가족애탄생〉을 출간하여 각종 단체에 도서를 기부하는 일을 진행한 바 있으며, 아름다운 재단에 도서를 기증하는 등 나눔을 실천 하는 책을 출간했습니다.

이 책으로 따뜻한 미래를 준비하고 이웃 사랑을 실천하세요

유중근 (대한적십자사 총재)

아이가 어머니의 모유를 먹고 자라듯이 먹는 것은 생명의 원천이고 사랑입니다. 그래서 대한적십자사에서는 전쟁 재난 구호를 첫 번째 사명으로 여기고 있습니다. 전쟁터에서 음식은 생명줄과 같기 때문입니다. 하지만 재난 현장에서만 음식이 간절한 것은 아닙니다. 우리 주변에는 기본 생계조차 보장받지 못하는 이웃이 많이 있습니다. 우리의 작은 정성이 모인다면 저소득층, 결손가정, 다문화가정, 새터민가정 등 사회 곳곳의 소외 계층과 함께 따뜻한 겨울을 보낼 수 있습니다.

나눔은 행동으로 나타나는 '봉사'와 정신으로 나타나는 '사랑'이 합쳐져야 그 열매를 맺을 수 있습니다. 특히 나눔에도 연습이 필요합니다. 어릴 때부터 나눔을 연습하는 것이 중요합니다. 이제 봉사와 나눔으로 미래 지도자를 양성해야 할 때입니다.

그런 점에서 이 책은 나눔을 실천할 수 있는 좋은 매개체가 될 것입니다. 소외된 이웃과 함께 따뜻한 미래를 준비하는 것은 대한적십자사의 정신입니다. 이 책을 통해 그 정신을 함께 실천하고, 각 가정과 일터에서 나눔이 생활이 되기를 소망합니다.

아빠의 사랑이 더해지면 특별한 요리가 됩니다

나승연 (전 방송기자, 전 평창동계올림픽유치위원회 대변인, 대한적십자사 홍보대사)

어릴 적 어머니가 가끔 집을 비우실 때면 아버지가 저희 삼 남매를 위해서 요리를 해줬던 기억이 아직도 생생합니다. 당근, 양파, 콩나물 등을 넣은 채소 라면, 계란밥, 고추장소스 스파게티가 특히 맛있었는데 그중 제가 제일 좋아 했던 것은 고추장소스 스파게티였습니다. 삶은 스파게티면에 버터와 고추장 을 넣고 비비면 끝인 간단한 요리였지만 아버지가 부엌에서 우리들의 저녁 을 만드느라 땀 흘리시던 모습이 떠오를 때면 지금도 입안에 침이 저절로 고 입니다. 평소엔 말씀이 적고 엄하셨는데 요리하는 아버지는 무언가 달랐습니 다. 음식을 만드는 아버지의 입가에는 미소가 머물렀고, 맛있게 먹는 우리들 을 바라보며 아버지의 눈가에는 행복이 맴돌았습니다. 우리들은 아버지가 무 언가 해준다는 사실이 마냥 좋았습니다. 그때 아버지는 평소에 표현 못했던 사랑을 음식으로 전하신 것 같습니다.

지금은 제가 엄마가 되어 요리를 하지만 우리 아들은 아빠 요리가 더 맛있 다고 합니다. 요리는 아빠가 아이에게 사랑을 표현하는 가장 좋은 방법입니 다. 이 책으로 아이들에게 사랑과 추억을 새겨주시고 어려운 이웃에게도 따 뜻한 도움을 전하시기를 바랍니다.

행복한 가정을 요리하는 대한민국 아버지 파이팅!

추신수 (대한민국의 자랑스러운 대표 야구선수, 신시내티 레즈 외야수)

미국 메이저리그에서 활약 중인 저는 타향에 있다 보니 한국음식이 그리울 때가 많습니다. 그래서 시합 성적이 좋든 나쁘든 늘 한인타운을 찾습니다. 맛있는 한국음식을 먹을 때가 저에게는 가장 행복한 시간이며 힘을 재충전하는 시간이기도 합니다. 또한 제가 미국에서 당당하게 '한국인'이라고 느끼는 때이기도 합니다.

이렇듯 음식은 건강을 챙겨주고 정신적 위로까지 주는 고마운 존재입니다. 특히 운동선수에게는 더욱 그렇습니다. 제가 이 자리에 오르기까지 흘렸던 땀과 고생을 든든하게 받쳐준 것이 바로 음식입니다. 그런 점에서 음식은 생명과도 같은 것입니다.

이렇게 큰 의미가 있는 음식을 아빠들이 아이에게 해줄 수 있다면 가정이 더욱 행복해질 것입니다. 이 책을 통해 바쁜 대한민국 아빠들이 가족사랑은 물론이고 자녀들에게 나눔 교육까지 할 수 있게 되기를 저도 응원하겠습니다. 대한민국 아빠 파이팅!

세상에서 가장 건강하고 따뜻한 밥상을 추천합니다

이시형 (의사, 전 대학 교수)

건강한 밥상을 먹고 자란 아이가 건강한 세상의 주인공입니다. 모든 것이 빠르게 변화하고 변수가 많은 요즘, 아이를 어떻게 키울까 하는 것이 모든 부모의 고민입니다. 어떤 시대든 간에 자녀를 건강하게 키워야 합니다. 실패나 좌절을 딛고 다시 일어설 수 있는 융통성을 지닌 사람으로 키워야 합니다. 마음이 따뜻하고 타인을 배려하고 사랑을 실천하는 사람으로 키워야 합니다.

아빠와 엄마는 아이의 소중한 코치입니다. 사실 부모도 해야 할 일이 많고 귀찮겠지만 이 책의 간단한 레시피를 실천하면서 밥 한 끼의 사랑과 나눔 교육이라는 두 마리의 토끼를 잡으시길 바랍니다.

특히 인스턴트식품과 외식이 늘어나는 요즘 『아빠가 차려주는 만 원의 희망밥상』은 부모와 아이가 함께 생활교육을 실천할 수 있는 좋은 매개체가 될 것입니다. 아이가 밥투정을 한다고 해서 간단한 간식을 주기보다는 집에서 가족이 함께 만들어 먹는 밥상이 늘어났으면 좋겠습니다. 지금 바로, 아이와 함께 냉장고 문을 열고 희망밥상을 차려보시길 바랍니다.

온 가족의 사랑 스토리를 만들어 가세요

함익병 (의사, 방송인, 함익병&에스더 클리닉 원장)

최초의 쿠킹 도네이션북인 『아빠가 차려주는 만 원의 희망밥상』은 바쁜 한국 아빠들을 뒤돌아보게 만듭니다. 이 책으로 사랑하는 아내와 아이를 위해서 아빠가 특별한 추억을 만들 수 있습니다. 이 책이 제안하는 나눔은 매우 간단합니다. 냉장고에 있는 재료로 쉽게 요리를 만들어 맛있는 음식도 먹고 행복한 추억도 쌓고 절약한 한 끼 식사 값으로 어려운 이웃에게 기부까지 할 수 있습니다. 아빠가 가족과 함께 나눔을 실천하는 솔루션북은 참 뜻깊고 의미가 있다고 생각합니다. 아빠가 음식을 만드는 것 자체가 재능기부이기 때문입니다. 저도 오늘부터 앞치마를 두르고 이 책을 보면서 가족을 위해서 소박하지만 근사한 저녁을 차려 보려고 합니다.

요즘 만 원짜리 근사한 외식메뉴와 만 원짜리 책이 참 귀한 시대입니다. 대한민국 곳곳에 '아빠가 차려주는 만 원의 희망밥상'이 차려지기를 응원합니다. 저를 포함해 대한민국의 든든한 가장인 아빠들이 나눔과 사랑을 실천하는 만 원의 기적을 만들어냈으면 합니다.

따뜻한 나눔 가족이 되기를!

저에게 음식은 '사랑'과 같은 말입니다. 그리고 음식 하면 어머니가 비벼주신 '참기름 간장비빔밥'이 제일 먼저 떠오릅니다. 제가 초등학교 4학년 때 어머니가 밥에 왜간장과 참기름을 넣고 비벼주셨는데 어찌나 맛있는지 순식간에 한 그릇을 뚝딱 비웠습니다.

소박하지만 아들에 대한 어머니의 사랑이 담겨 있는 음식. 그 추억

덕분에 저는 음식에 많은 관심과 애정을 갖게 되었고 외식 프랜차이즈 사업까지 하게 되었습니다. 그리고 삼겹살 전문 프랜차이즈, 맛으로 여는 세상 '벌집삼겹살'과 강남 한우직판장을 운영하면서 요리가 주는 행복을 더 많이 깨달았습니다. 요리는 사람들의 어우러짐을 더 즐겁고 맛있게 만들 뿐만 아니라 사랑과 희망을 전달하는 매개체라는 것을 알게 되었습니다. 그 깨달음을 바탕으로 저는 겨울이 되면 독거노인들을 초청해 갈비탕과 육개장을 대접합니다. 대단한 것은 아니지만 따뜻한 음식으로 어르신들의 빈속을 잠시나마 채워드릴 수 있어서 얼마나 감사한지 모릅니다. 하지만 온정을 필요로 하는 이웃들은 아직도 너무나 많습니다. 그래서 그 이웃들과 소통하며 나누기 위해 『아빠가 차려주는 만 원의 희망밥상』을 차리게 되었습니다.

이 책은 다문화 가족, 새터민 가족, 장애인 가족 등 이 사회의 관심이 필요한 가족과 삶 속에서 나눔과 재능기부를 실천하는 일반 가족이 함께 참여해 만들었습니다. 여덟 가족의 스토리는 각각 다르지만 '요리를 통한 사랑과 나눔'이라는 하나의 맛을 이루었습니다. 이 책으로 사랑하는 자녀들에게 부동산이나 주식보다 소중한 기부와 나눔 문화 그리고 더불어 사는 큰 사랑을 유산으로 남겨주는 기회가 되길 희망합니다.

맛있는 한 끼의 식사비를 양보하면 힘들고 어려운 이웃에게 따뜻한 마음을 전할 수 있습니다. 가정뿐 아니라 학교, 기업 등 다양한 공동체가 함께 참여하여 밥 한 끼를 나눌 수 있다면 우리는 더 큰 뜻과 더 큰 일도 해낼 수 있을 것입니다. 끝으로 이 책이 세상에 퍼질 수 있도록 함께한 여덟 가족을 비롯해 모든 분에게 감사의 마음을 전합니다.

이승환 드림

요리로 사랑과 희망을 전하세요!

요즘 TV에서 요리를 주제로 한 예능프로그램이 인기리에 방영되고 있습니다. 그 프로그램에서 소개된 별식은 조리가 간편해서 온 국민이 가정에서 한번쯤 따라서 해먹어보는 단골메뉴가 되곤 합니다. 그 요리들은 재료도 각각, 사연도 각각이지만 그 요리를 소개한 사람에게 있어서만은 특별한 추억이 담긴 최고의 음식이라는 공통점이 있습니다.

저를 가장 행복하게 해준 음식은 어머니가 해주신 '돈가스'입니다. 소박하고 단순하지만, 아들에 대한 위대한 사랑이 담겨 있기에 그 어떤 요리들보다 제게는 소중한 음식입니다.

사람들은 제게 어떤 요리사가 되고 싶으냐고 묻곤 합니다. 제 대답은 한결같습니다. 저 역시 어머니처럼 사랑이 담긴 요리를 만들고 싶습니다. 요리는 요리하는 사람의 마음이 그대로 담깁니다. 그래서 요리할 때에는 항상 좋은 마음으로 정성을 다해 만들려고 합니다. 그런 만큼 저의 첫 책이 많은 사람과 함께 사랑과 나눔을 실천할 수 있는 '재능기부 책'이라는 것에 무척 감사할 뿐입니다.

큰 용기를 내어 요리를 배우러 왔던 여덟 가족의 모습이 한 가족, 한 가족 떠오릅니다. 각 가족들이 정성을 다해 준비한 요리와 희망 이야기를 담아 『아빠가 차려주는 만 원의 희망밥상』이 되었습니다.

세상의 편견에 고개 숙이지 않고 당당하게 걸어가는 가족, 나 혼자만의 기쁨보다 모두와의 기쁨을 위해 묵묵히 나눔을 실천하는 가족 등 대한민국 대표 가족들과 함께 만든 『아빠가 차려주는 만 원의 희망밥상』은 소박하면서도 푸짐하고, 찡하면서도 웃음이 담겨 있습니다.

또한 이 책에는 가정에서 실천할 수 있는 쉽고 특별한 레시피들을 함께 담았습니다. 이 레시피들이 대한민국 아빠들의 손끝에서 행복한 맛으로 탄생할 것을 생각하니 무척 기대가 됩니다. 아무쪼록 이 책이 많은 이들에게 감동과 희망 그리고 행복을 선사할 수 있기를 바랍니다.

토니오 드림

| 차례 |

Part 1
아빠의 요리 시간 – 여덟 가족의 특별한 요리

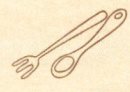

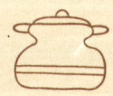

Part 2
오늘은 아빠가 요리사
– 희망셰프 토니오와 함께하는 아빠의 희망밥상 실전편

대한민국 대표 아빠 이승환이 제안하는
요리 초보 아빠를 위한 마음가짐 10계명

1. 아빠들이여! 요리를 두려워하지 말고 자신감을 가지세요.

2. 아이들과 아내를 사랑하는 마음으로 '나는 할 수 있다'는 의지를 가지세요.

3. 냉장고를 털어서 있는 재료부터 꺼내세요.

4. 이 책의 구성 메뉴와 맞는 재료가 있는지 매칭시켜 보세요.

5. 메뉴가 선택되면 과감히 도전해 보세요.

6. 전문요리사의 정확한 분량에 너무 얽매이지 마세요.

7. 아빠의 소신대로 정성을 다해 뜻하는 대로 만드세요.

8. 첫 번째 요리가 맛없어도 절대 실망하지 마세요. 처음엔 누구나 어렵습니다.

9. 두 번째 요리도 맛이 없다고 좌절하지 마세요. 아내와 아이의 사랑으로 커버
   될 것입니다.

10. 세 번째도 맛없다면…, 그래도 걱정하지 마세요. 명분으로 커버하세요. 이 책
    의 요리에 도전하는 것 자체가 나눔을 실천하고 어려운 이웃에게 희망을 전
    달하는 것입니다.

셰프 토니오가 제안하는
요리 초보 아빠를 위한 요리준비 10계명

1. 요리하기 위한 싱크대 위와 주변, 식탁 위를 깨끗이 정리하세요.

2. 가족들이 좋아할 만한 것으로 요리할 메뉴를 선택하세요.

3. 도마와 칼, 손질한 재료를 올려놓을 접시, 손질한 껍질 등을 담아둘 그릇을 준비하세요.

4. 요리하기 위해 필요한 조리도구(프라이팬, 냄비, 주걱 등)를 찾아 두세요.

5. 냉장고를 열어 재료를 꺼낸 뒤 식탁 위에 가지런히 놓습니다.

6. 준비한 재료들의 손질법 및 준비 방법을 숙지합니다.

7. 손질할 필요가 있는 식재료는 깨끗이 씻어 물기를 제거하여 준 다음 레시피대로 준비하세요.

8. 레시피에 의존하지 마세요. 제가 여러분께 드린 레시피는 참고용입니다. 레시피대로 한다고 해서 완벽한 음식이 완성되지는 않습니다. 때로는 재료가 한두 가지 없어도 또는 더해져도 되니까요, 여러분만의 스타일을 찾아내세요.

9. 열을 사용하는 요리에서 첫 재료가 팬에 닿을 때에는 반드시 '치~익' 하는 소리가 나야 합니다. 팬이 뜨겁게 달구어져 있단 이야기겠죠? 그 후에 기름을 아주 소량만 두르고 시작하는 겁니다.

10. 모든 레시피는 1~2인분 기준입니다. 처음부터 욕심내기보다는 연습 삼아 소량만 만들어 보세요. 그리고 천천히 양을 늘려 나간다면 어느 순간 냉장고를 열어 척척 요리하는 당신의 능수능란한 모습을 보게 될 것입니다.

> 『아빠가 차려주는 만 원의 희망밥상』은
> 이렇게 차려졌습니다

1. 아빠도 척척! 혼자남도 뚝딱! 누구나 손쉽게 만들 수 있는 요리

대한민국 가족 구성원들은 매우 바쁘게 살아갑니다. 손쉽게 앞치마를 두르고 특별한 외식 대체 요리를 실천할 수 있다면 가정에는 웃음꽃이 만발할 것입니다. 조리과정은 심플하되 특별함을 더한 요리는 사랑과 정성이 담긴 최고의 음식이 될 것입니다.

2. 모든 재료를 만 원 안에서 해결할 수 있는 알뜰 레시피

경제적인 면에서 가격도 알뜰하게 챙겼습니다. 온 가족이 실천할 수 있는 솔루션북임을 감안해 장을 볼 때 주머니가 가벼워도 부담 없이 재료를 구입해 만들 수 있도록 레시피를 구성했습니다. 따라서 대부분의 재료가 4인 가족 기준 만 원 안에서 구입 가능하며, 모두가 만족할 수 있는 최고의 식탁이 될 것이라 자신합니다.

3. 냉장고에서, 집 앞 슈퍼에서 손쉽게 구할 수 있는 재료 선정

아무리 저렴해도 재료 구입에 어려움이 있다면 일반식이 되기 힘들 것입니다. 따라서 번거로운 준비 없이도 손쉽게 만들 수 있도록 냉장고에 있는 평범하고 일상적인 재료를 활용하되 특별함을 더할 수 있는 요리로 선별했습니다.

4. 아이디어 하나로 웬만한 외식이 부럽지 않은 스페셜요리

한 달에 한 번 정도 외식을 줄이고 손쉽게 레시피를 이용해 가정에서 식사함으로써, 돈도 절약하고 참신한 요리도 즐기고 거기에 나눔까지 실천할 수 있도록 구성했습니다. 누구나 아는 한국 음식에 아이디어

를 더해 집에서 해먹는 요리이지만 외식보다 근사하게 즐길 수 있도록
했습니다.

5. 맛과 질, 건강까지 만족시킨 일석삼조 레시피

요리를 만드는 데 있어 우선순위는 '좋은' 음식, '맛있는' 음식, '건
강을 생각한' 음식이어야 한다는 것입니다. 이 책의 레시피를 구상할
때도 그 점을 고민했으며, 맛있으면서도 건강한 영양음식으로 준비했
습니다.

6. 아이들을 위한 교육적 효과까지 고려해 메뉴 엄선

레시피의 식재료 선택은 아이들이 잘 먹지 않고 아이들과 친하지
않은 식재료를 사용함으로써 요리를 통한 교육적 효과까지 더했습니다.
이 책의 요리를 온 가족이 함께 만들면서 음식에 대한 감동 스토리도 나
누고, 부모와 자녀가 함께 재료를 자르고 썰고 볶는 과정에서 서로
교감하며 행복이 넘치는 시간을 보내시길 바랍니다.

Part 1

아빠의 요리 시간

{ 여덟 가족의
특별한 요리 }

· 우리집샐러드

집에서 즐기는 우아한 리코타치즈샐러드

우리집샐러드

냉장고에 채소가 놀고 있어요? 레스토랑 부럽지 않아요.
가족의 입맛 사로잡는, 집에서 쉽게 만드는 리코타치즈샐러드!

재료

- 계절과일
- 샐러드 채소
- 견과류 등 취향에
  따라 준비

리코타치즈 무스 재료

- 우유 1리터
- 식초 3~4큰술
- 레몬즙 1큰술

- 면포(치즈덩어리를
  거르기 위해 필요함)
- 크림치즈 100g
- 꿀 1~2큰술

만들기

1. 우유는 냄비에 담고 중불에 천천히 끓여주다 끓어오르기 시작할 때, 준비한 식초와 레몬즙을 넣고 불을 약하게 줄여줍니다.

2. 나무주걱 등으로 천천히 저어 줍니다.

3. 덩어리가 생기기 시작하면 덩어리를 면포에 걸러냅니다.

4. 모양을 잡고 살짝 눌러 물기를 뺍니다.

Tip

1. 덩어리가 생기지 않도록 우유가 끓어오르기 직전에 레몬즙과 식초를 넣어야 합니다.
2. 신선한 채소를 유지하기 위해서는 채소를 버무리지 않습니다.

5. 냉장고에 넣어 30~40
분 천천히 식혀 완성
합니다.

6. 완성된 리코타치즈는
준비한 꿀과 크림치즈
를 넣고 부드러운 맛이 나
도록 잘 섞어 준비합니다.

7. 계절과일과 샐러드
채소는 먹기 좋게 잘
라 리코타치즈무스와 함께
접시에 예쁘게 담습니다.

아빠의 도전!

방송 통해 나눔 실천하는
김종호 아빠의 첫 번째 밥상이야기

김PD 아빠
요리사 된 날!

"

소외된 이웃의 진솔한 이야기를 카메라에 담아 전하는 사람이 있습니다. 바로 지역방송 티브로드(www.tbroad.com) 책임프로듀서 김종호 씨입니다. 차가 들어가지 못하는 깊은 두메산골도, 배를 타고 몇 시간이나 가야 하는 외딴 섬도 그곳에 우리의 이웃이 있다면 망설임 없이 찾아갑니다. 덕분에 그의 발길은 늘 분주하지만 그를 반기는 순한 눈동자들이 있어 멈출 수 없습니다. 프리랜서 방송작가로 일하는 아내 최지연 씨는 그의 든든한 지원군입니다. 아들 준태도 아빠를 응원하며 힘을 보탭니다. 하지만 종호 씨는 바쁜 업무 때문에 힘이 되어주는 가족을 잘 챙겨주지 못해 늘 미안합니다. 그래서 모처럼 큰마음을 먹고 가족을 위해 일일 요리사가 되어 멋진 음식을 만들었습니다.

"

요리는 해피바이러스

어느덧 결혼 9년째에 접어든 김종호 씨 부부. 그는 당시 방송국 연출부에서 일하던 아내와 선후배로 처음 만났습니다. 그리고 지금은 같은 곳을 바라보는 평생의 동반자가 되었고 귀여운 개구쟁이 아들 준태도 함께입니다.

아내 최지연 씨는 일과 가정 모두에 충실한 남편이 자랑스럽습니다. 그런데 종호 씨는 자신을 부족한 가장

이라고 생각합니다. 가족을 챙기려고 나름 노력하지만 바쁘다는 핑계로, 힘들다는 투정으로 나중으로 미룰 때가 많습니다. 마음은 가족이 항상 우선순위지만, 일 앞에서는 가족이 이해해주기만을 바랐습니다. 가족보다 늘 일이 먼저인데도 불평불만 없는 아내와 준태에게 미안하고 감사할 뿐입니다.

그래서 가족을 위해 바쁜 일상을 잠시 내려놓고 특별한 요리시간을 마련해 소중한 추억을 담으려 합니다. 종호 씨는 조리과정도 까다롭지 않으면서 근사해 보이는 리코타치즈로 만든 '우리집샐러드'를 만들 것입니다.

벌써부터 준태는 호기심 가득한 눈망울로 조리기구들을 하나씩 살펴봅니다. 음식을 만든다는 것은 준태에게 먹는 것 이상으로 흥미 있는 최고의 놀이입니다.

오랜만에 아내와 아이를 위해 앞치마를 두른 종호 씨. 요리를 배우고

만들어보는 이 시간이 조금 어색하지만 금세 요리의 매력에 첨벙 빠져듭니다. 능숙한 손놀림으로 샐러드 채소를 썻고, 우유를 끓이는 종호 씨의 모습이 아내와 아들의 눈에는 마냥 근사해 보입니다.

"우와~! 치즈를 저렇게 쉽게 만들 수 있어요? 직접 치즈 만드는 거 보니까 신기해요."

"집에서는 요리를 잘 안 하는 편입니다. 오늘 만든 요리는 어렵지 않으면서 특별한 것 같아 좋네요. 나중에 집에 가서 또 도전해 볼 겁니다."

짧은 요리시간이지만 가족들은 새로운 추억과 재미를 쌓았습니다. 준태는 그동안 아빠가 가끔 만들어줬던 요리와는 달리 보는 것만으로도 행복해지는 '우리집샐러드'의 맛에 반했습니다. 간단한 재료와 과정만으로도 레스토랑에서 주문한 음식처럼 화려하고 멋있는 요리가 만들어지자 만드는 재미, 먹는 재미가 쏠쏠합니다.

그러고 보면 음식은 정말 마음이고, 정성이고, 사랑인가 봅니다. 요리를 만드는 순서 하나하나는 단순히 요리가 완성되는 과정이 아닌 누군가를 향한 진솔한 마음을 담아내는 것이니까요. 그렇게 만든 음식이 행복을 전하고 그 행복이 또 다른 행복을 낳을 것입니다.

소외된 세상으로 카메라 출동!

　가족에게 오랜만에 맛있는 요리를 선물한 종호 씨. 이 여유로움도 잠시, 내일이면 다시 이웃의 희망스토리를 카메라에 담기 위해 뛰고 또 뛰어야 합니다.

　어려운 이웃에게는 희망의 삶을, 시청자들에게는 감동의 메시지를 선물하는 그에게는 하루하루가 매우 소중합니다. 17년 동안 다큐멘터리 TV, 패션 동아 TV 등을 거치며 방송은 그에게 삶의 일부가 되었습니다. 방송 일의 특성상, 예상치 못한 사고도 자주 일어나고 밤샘작업도 많아 지치지만 프로그램에 대한 무한한 애정으로 쉼 없이 '레디 액션(ready action)'을 외칩니다.

　그에게 방송은 세상의 이웃과 소통하는 창입니다. 피부색도 언어도 다르지만, 우리의 이웃으로 살아가는 다문화가정의 휴먼스토리를 담은 프로그램 〈손을 잡아요〉가 그에게 각별한 이유도 우리 주변의 소외된 이웃과 함께 슬픔과 희망을 나눌 수 있기 때문입니다.

　"작은 것도 이웃과 함께 나누고 즐겨야 합니다. 단, 나에게 무언가가 돌아오기를 바라면 안 돼요. 내가 즐겁고 보람되기 위한 이기심은 내려놓아야 하죠. 나눔은 소명이니까요."

그는 우리들이 무심히 지나치는 사람들의 삶을 조명함으로써 슬픔이 있는 곳에 기쁨을, 절망이 있는 곳에 희망을 부르는 것이 자신의 소명이라고 생각합니다. 〈손을 잡아요〉 역시 그런 마음가짐에서 시작한 프로그램인데 벌써 7년째에 접어들고 있습니다.

가족에게서 배운 배려와 헌신

"흔히 나눔이라고 하면, 우리가 도움을 주면 상대는 고맙게 받아야 하는 수직적인 관계로 생각하는 경향이 있습니다. 하지만 나눔은 누가 우월하고 말고의 문제가 아니에요. 우월한 입장에서 누군가를 내려다보는 순간 나눔의 의미는 퇴색됩니다. 내가 누군가에게 조금이라도 희망을 전할 수 있다면 오히려 축복이고 행복이지요."

아무리 부자여도 나누지 못하는 사람이 있는가 하면, 가진 것은 적지만 기꺼이 남에게 내놓는 사람이 있습니다. 그는 자신의 직업을 통해 소외된 이웃의 삶에 등불을 켜주는 '밝은 나눔'을 실천할 수 있다는 데 감사하고 또 감사합니다. 이웃은 또 다른 자신이기에 자신을 사랑하듯 이웃을 사랑해야 한다고 생각합니다.

하지만 나눔이란 말처럼 쉬운 것이 아닙니다. 특히 직업의 테두리 안에서는 더욱 그렇습니다. 나눔에 대한 신념, 사람에 대한 애정 없이는 불가능합니다. 그런데 종호 씨는 처음부터 그렇게 만들어진 사람처럼 이웃과 나누고 사랑하며 묵묵히 한길을 걸어가고 있습니다.

그의 이웃에 대한 애정은 바로 '가족'에게서 비롯되었습니다. 그는 위로 누나만 네 명인 집에 늦둥이 아들로 태어났습니다. 귀하고 귀한 아들, 말 그대로 '귀남이'가 되어 부모님과 누나들은 종호 씨에게 많은 것을 배려하고 헌신했습니다. 그 한없는 가족의 사랑은 그가 참되고 바르게 자랄 수 있는 밑거름이 되었습니다. 가족들이 그에게 뿌려준 사랑의 밑거름이 사람에 대한 애정으로 이어진 것입니다.

특히 그의 어머니는 무엇이든 이웃과 나누셨습니다.

"정성 들여 만든 장과 직접 재배한 농산물을 이웃과 함께 나누어 드셨죠. 시골에서는 으레 그러려니 하지만, 우리 부모님은 유난히 남에게 베푸는 것을 즐기셨던 것 같아요. 서울에 사는 친지나 손님들이 집으로 찾아올 때마다 어머니는 음식을 한 보따리씩 쥐여 보내셨는데 어린 마음에 진짜 너무 속상했어요. 저렇게 나누어 주면 우린 뭐 먹고 사나 싶더라고요."

집에 찾아온 손님을 절대 빈손으로 보내지 않았다는 종호 씨 어머니. 그가 이웃을 자신처럼 여기며 소중히 아끼고 사랑을 실천하는 것은 바로 어머니의 삶에서 배운 것이 아닌가 싶습니다. 어머니의 따뜻한 이웃 사랑을 유산처럼 가슴에 품고 있는 그는 앞으로 더 열심히 이웃을 위해 달려갈 것입니다.

어두운 곳 밝히는 희망 배달부

그의 사람에 대한 애정은 나와 남, 사생활과 일의 경계를 지워버리고 생활 속에서 자연스레 나눔을 발견하게 했습니다. 그래서 TV매체를 통

해 일과 나눔을 함께 실현할 수 있는 자신의 직업이 무척 소중합니다. 진
실한 마음으로 이웃과 소통하기 위해 현장답사도 빼놓지 않습니다. 더
낮은 자리에서 그들의 삶을 있는 그대로 바라보며 현장에서 얻을 수 있
는 아이템을 놓치지 않기 위해서입니다.

그의 진실이 통했는지 새로운 프로그램을 시작하게 되었습니다. 최
근 대한적십자사, 연합뉴스 TV(News Y)와 함께 만들고 있는 다문화 공
동프로젝트 〈하모니〉가 그것입니다. 〈하모니〉는 희망을 잃고 살아가는 다
문화 위기가정에 꼭 필요한 의료, 주거, 교육 등의 도움을 주는 솔루션 프
로그램입니다. 그는 이 프로그램을 통해 소중한 우리의 이웃을 여럿 만났

지만 그중 가장 기억에 남는 사람은 필리핀에서 온 넬리 씨입니다.

"16년 전 한국으로 시집 온 넬리 씨는 강원도 철원군의 작은 시골 마을에서 뇌전증을 앓는 한국인 남편과 자식 둘을 돌보며 힘겹게 살아가고 있었어요. 남편은 발작에 대한 두려움으로 직장을 그만두게 되었고 다섯 식구의 생계를 책임져야 했던 그녀는 요양원에서 일하며 억척스럽게 살아야 했죠. 하지만 점점 늘어가는 남편의 병원비 때문에 생활형편이 나아지지 않았습니다."

종호 씨는 넬리 씨의 사연이 무척 안타까웠습니다. 그래서 〈하모니〉라는 프로그램을 통해 금방 쓰러질 듯 위태로운 집을 새롭게 고치고 남편과 아이들에게 필요한 것을 지원하며 희망의 빛을 선물했습니다. 삶의 무게에 지칠 대로 지쳐 있던 넬리 씨가 환하게 웃는 모습을 보면서 그는 우리의 작은 관심이 누군가의 인생을 절망에서 희망으로 바꿀 수 있다는 것을 새삼 절실하게 깨달았습니다.

한 시간이면 바닷가에 닿을 수 있지만 여유가 없어 늘 바다를 그리워하는 아이들, 아빠가 암 투병 중이어서 매 끼니를 걱정해야 하는 다문화 가정 등 우리 사회에 희망을 선물 받아야 할 이웃이 너무나 많습니다. 그가 솔루션 프로그램에 각별한 애정을 쏟는 것은 그들에게 필요한 희망을 배달해 주기 위해서입니다. 그는 앞으로도 〈하모니〉와 같은 진정성 있는 프로그램을 많이 만들어서 더 많은 나눔을 실천하고 싶습니다.

가족이라는 고맙고 감사한 이름

종호 씨는 준태와 가끔 1박 2일의 여행을 떠납니다. 방송동료들과 아빠 셋, 아들 셋 멤버를 이루어서 대부도나 춘천 등 도시 근교로 캠핑을 갑니다. 아이들을 위해 김치, 삼겹살, 햄 등 각종 재료를 넣고 지글지글 김치찌개를 끓이고 삼겹살도 굽습니다. 준태와 아이들은 즉석에서 뚝딱 만든 투박한 아빠표 밥상에 엄지손가락을 몇 번이나 추키고 '대박'이라며 맛있게 먹어줍니다. 그럴 때면 종호 씨도 문득 어머니가 차려준 밥상이 떠오릅니다.

김이 모락모락 올라오는 구수한 된장찌개, 윤기가 자르르 흐르는 쌀밥, 텃밭에서 직접 기른 배추로 금방 버무린 겉절이 김치. 그에게는 보약이나 다름없는 어머니의 밥상입니다. 어머니의 된장찌개는 한 숟가락만 떠먹어도 담백하면서도 깊은 된장 본연의 맛이 밥알과 함께 입안을 감돕니다. 그 맛을 음미하다 보면 밥그릇이 비워지는 것은 순식간이죠. 지금 종호 씨가 어머니의 밥상을 그리워하는 것처럼 준태도 훗날 투박한 아빠 밥상을 그리워할 것입니다.

준태와의 짧은 여행이지만 아이에게는 추억을, 자신에게는 자유를 선물해 주는 남편의 배려에 아내 지연 씨는 고마운 마음입니다. 그래서 가족들의 식사에 더욱 정성을 쏟습니다. 프리랜서로 전향하기 전에는 일이 너무나 바빠 가족에게 따뜻한 밥 한 끼 잘 차려주지 못했습니다. 마음은 짠하지만 맞벌이 가정으로선 어쩔 수 없는 선택이라고 합리화하며 빠르고 편리한 외식이나 배달음식으로 저녁을 때우기 일쑤였습니다. 그래도 남편과 아들은 투정 한번 하지 않고 바쁜 아내를, 엄마를 이해해 주었습니다.

그때의 미안함과 고마움을 담아 이제는 어떤 요리든 집에서 만듭니다. 예전보다 시간적 여유가 있어 조금이라도 신선하고 좋은 재료로 정성 들인 밥상을 차릴 수 있어서 기쁩니다.

가족을 위해 시간을 내서 직접 요리해주는 아내가 감사한 종호 씨. 결혼 생활 9년 동안 부부는 서로의 위치에서 묵묵히 가족을 챙겼습니다. 굳이 말하지 않아도 서로의 부족한 점을 알아서 챙겨주고 감싸주는 부부. 9년이라는 시간만큼 점점 영글어가는 부부의 사랑과 배려에 진정한 가족애가 오롯이 담겨 있습니다.

대(代)를 이어가는 아빠의 나눔 교육

앞으로 이 가족이 더 채워가고 싶은 것은 무엇일까요? 종호 씨는 준태가 초등학교 4학년이 되면 유럽 배낭여행을 떠나려고 합니다.

"아이들이 초등학교 고학년이 되면, 부모들을 멀리한다고 들었습니다. 부모들도 그때가 되면 아이에 대한 관심이 자연스럽게 줄어든다고 하더라고요. 가족 간 소통이 단절되는 시기가 찾아오는 거죠. 그래서 아들과 함께 꿈에 대해 진지하게 대화할 수 있는 가장 좋은 방법을 생각했어요. 준태가 4학년이 되면 함께 배낭을 메고 더 큰 세상으로 나가서 아들이 스스로 꿈을 바라보게 하고

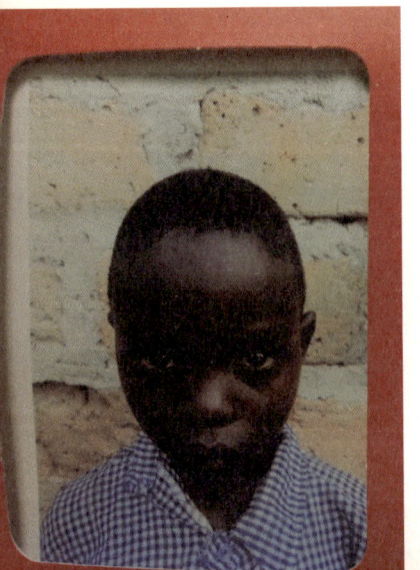

아프리카 잠비아에 있는
준태 친구 사무엘.

싶습니다."

아직은 준태가 어려서 앞으로 어떤 꿈을 꾸게 될지는 알 수 없지만 제일 중요한 것은 스스로 즐겁고 행복한 꿈을 찾는 것입니다. 부모가 아이에게 사사건건 개입하지 않고 필요한 것을 지원해주되 선택은 아이에게 맡기자는 게 부부의 교육관입니다. 덕분에 준태는 자신이 하고 싶은 것을 분명히 말하는 편입니다. 아빠가 어려운 이웃을 찾아다니며 돕는 것을 보고 자신도 누군가를 돕고 싶다고 해서 특별한 친구 '사무엘'을 사귀게 되었습니다. 사무엘은 준태와 해외결연으로 맺어진, 아프리카 잠비아에 사는 친구입니다. 준태는 사무엘이 못생겨서 마음에 안 든다고 말하면서도 책상 위에 사무엘 사진을 올려놓고 수시로 들여다볼 정도로 사무엘을 좋아합니다.

"나눔에 대한 필요성을 아이에게 알려주고 싶었는데 제가 하는 일을 통해 자연스럽게 배운 것 같아요. 나눔이라는 것을 억지로 강요하기보다는 관심과 재미를 가지고 생활에서 접할 수 있도록 해주는 게 제일 중요한 것 같습니다."

나눔에 대한 신념이 강한 그는 언젠가 아들도 그래주길 바랐습니다. 그런데 생각보다 일찍 아들이 아빠의 바람에 응해주었습니다. 아빠가 하는 일을 보며 자연스럽게 나눔을 실천하고 있는 아들이 무척이나 대견한 종호 씨. 이렇게 나눔의 씨앗은 조금씩 열매를 맺어가고 있습니다.

• 콩콩 파스타
• 부부버거

콩비지와 두부의 포옹

콩콩 파스타

아이들이 잘 먹지 않는 콩비지와 두부의 깜찍한 변신!
콩콩 파스타의 고소한 매력은 한 번 맛보면 자꾸 생각나요.

재료

- 파스타면 120g
- 두부 1/2모
- 구운 통마늘 4~5개
- 소금
- 후추

소스재료

- 다진 양파 1큰술
- 생크림 1컵
- 우유 1/4컵
- 콩비지 1/2컵
- 청양고추 1/2개
- 마늘 1~2개
- 베이컨 1줄

만들기

1. 파스타면은 끓는 물에 간간하게 소금 간을 해 8~9분 정도 삶아줍니다.

2. 두부를 큼직하게 으깹니다.

3. 끓는 물에 1분 정도 살짝 데쳐줍니다.

4. 마늘, 청양고추, 양파, 베이컨 등 각종 재료를 썰어 준비합니다.

Tip

1. 파스타면은 제품에 따라 삶는 시간이 모두 다릅니다. 제품 구입 시 파스타 포장지 겉면에 표기된 면 삶는 시간을 참고하시는 것이 좋습니다.
2. 월계수 잎을 넣으면 두부 비린내를 잡을 수 있습니다.
3. 생크림이 없으면 파르메산 치즈나 사각치즈를 넣어도 됩니다.
4. 콩비지와 두부가 들어가 소스가 뭉치고 느끼해질 수 있는데 그럴 땐 우유를 넣어 농도를 조절해줍니다.

5. 소스는 다진 양파를 팬에 볶아 향을 낸 뒤 콩비지, 청양고추, 마늘, 베이컨을 넣고 생크림을 부어 줍니다. 처음 끓어오르자마자 약불로 줄여 1~2분간 부드럽게 졸여준 다음 소금과 후추로 간을 합니다.

6. 완성된 소스에 파스타면을 넣습니다. 그다음 준비한 두부를 넣고 1~2분간 중불에 끓여주는데 이때 소스가 면에 부드럽게 감기도록 도와주어야 합니다.

7. 접시에 먹음직스럽게 담은 뒤 구운 통마늘을 얹어 완성합니다.

두부와 부추가 사이 좋게 어우러지는

부부버거

아이들이 잘 먹지 않는 식재료의 반항!
햄버거를 이용해 인기 만점 아빠가 되어보세요.

재료

- 양상추잎 1장
- 토마토 1cm 슬라이스 1장
- 햄버거용 빵 1개
- 슬라이스 치즈 1장
- 마요네즈 1큰술
- 베이컨 2~3줄

햄버거 패티 재료

- 부침용 두부 1/4모
- 다진 돼지고기 앞다리 살 40~50g
- 다진 부추 3~4큰술
- 다진 양파 1큰술
- 다진 당근 1큰술
- 빵가루 1/2컵
- 소금 약간
- 후추 약간

* 패티를 제외한 속재료는 먹기 좋은 크기로 잘라 적당량 준비합니다.

만들기

1. 준비된 패티 재료를 오목한 볼에 모두 함께 담아 고루 섞이도록 치댑니다.

2. 패티를 동그랗게 만들어 달구어진 팬에 오일을 약간 두른 후 앞뒷면을 모두 노릇하게 구워 준비합니다.

3. 토마토와 양파는 얇게 슬라이스하고 양상추는 먹기 좋은 크기로 손질합니다. 베이컨은 달구어진 팬에 기름을 두르지 않고 바삭하게 구워 준비합니다.

Tip

구운 패티는 키친타월 등으로 물기를 빼주면 더욱 부드럽고 깔끔한 맛을 느낄 수 있습니다.

4. 버거빵 단면에 마요네즈를 얇게 펴 발라준 다음 패티를 얹고 치즈, 토마토, 베이컨, 양상추 등 속재료를 순서대로 쌓아 올려줍니다.

5. 먹기 좋게 예쁜 접시에 담아 완성합니다.

아빠의 도전!

한국 남편 이일중 씨와 몽골 아내 어드너 씨의
두 번째 밥상이야기

칼을 든 남자

"

똑똑똑, 몽골에서 온 5년차 주부 쳉드 바자르 어드겔렐(이하 어드너) 씨
와 남편 이일중 씨가 희망밥상의 문을 두드렸습니다. 첫째 서영이, 둘째
주환이도 함께 왔습니다. 대한민국에서 가장 행복한 다문화가정이 되기
위해 늘 노력하는 남편 이일중 씨가 칼을 든 사연 지금 만나보겠습니다.

"

'콩콩 파스타'로 아내의 가슴이 콩콩

부부는 지인의 소개로 2008년 처음 만났습니다. 사촌언니와 친구들
이 한국에서 생활하고 있어 한국이 낯설지 않았던 어드너 씨는 남편을
만나면서 한국과 더 친숙해졌습니다.

"2008년부터 연락하다가 2009년 3월에 남편이 몽골에 와서 처음 봤
는데 그냥 좋더라고요. 두 번째로 몽골에 왔을 때 부모님께 결혼 허락을
받아냈어요."

잘생기고 서글서글한 남편의 모습에
반했다는 어드너 씨. 일중 씨도 어드너
씨의 꾸밈없고 착한 성격에 마음을 빼앗
겼습니다.

"어드너 부모님을 뵈러 간 날이 마침

'여성의 날'이었어요. 몽골에서는 큰 축제의 날이거든요. 여성들은 최대한 화려하게 치장하고 남성들은 여성들에게 꽃을 선물하죠. 저도 어드너 어머님께 드릴 꽃다발을 들고 가서 따님을 달라고 말씀드렸습니다."

남자답고 솔직한 일중 씨가 마음에 든 어드너 씨 부모님은 흔쾌히 승낙했고, 결혼은 빠르게 진행되어 2009년 6월 몽골에서, 9월엔 한국에서 결혼식을 치렀습니다.

그동안 두 아이를 낳으며 알콩달콩 살아가고 있는 부부. 그런데 아내에게 한 번도 요리를 해준 적이 없어 드디어 남편이 처음으로 칼을 들었습니다. 아내를 사로잡을 요리는 바로 콩비지와 두부가 고소하게 어울린 '콩콩 파스타'. 아내가 좋아하는 파스타를 직접 만들어 줄 생각에 들뜬 남편은 군대 취사병 경험이 있어서인지 칼질부터 남다릅니다. 레시피대로 척척 해내더니 금세 푸짐한 파스타가 완성되었습니다. 남편의 요리에 어드너 씨는 세상에서 가장 행복한 표정이 됩니다. 서영이도 아빠가

한 요리를 맛있게 먹습니다. 칼을 든 남자 덕분에 가족은 특별한 식사를 즐길 수 있었습니다. 앞으로도 종종 칼을 들겠다는 일중 씨는 '콩콩 파스타'를 요리해 어머니와 장모님께 대접해 드리고 싶습니다. 틀림없이 기뻐할 두 분 생각에 벌써부터 기분이 좋아집니다.

몽골댁의 한국 생활 정착기

결혼생활 5년째에 접어든 어드너 씨. 이제는 한국에 익숙해졌지만 처음엔 힘든 부분도 있었습니다. 특히 음식 문화의 차이가 컸습니다. 한국은 밥 위주의 식사를 하지만 몽골은 농작물 재배가 힘들어 고기 위주의 식사를 하기 때문입니다.

"몽골에선 늘 고기를 먹었는데 한국에선 '가끔' 먹더라고요. 식생활이 달라서 조금 힘들었죠. 남편이 요리책을 사다줬는데 고기 요리부터 찾아봤을 정도예요. 제가 처음 했던 요리는 양념갈비였고, 가장 자신 있게 할 수 있는 건 닭볶음탕이에요. 제일 좋아하는 건 삼겹살! 삼겹살 구워서 남편이랑 소주 한잔 하면 정말 행복하죠. 꼭 고기가 아니더라도 한국음식 대부분이 맛있어요. 하지만 홍어는 정말 못 먹겠어요."

고기를 사랑하는 어드너 씨. 그래도 저녁이면 일터에서 돌아오는 남편을 위해 맛있는 김치찌개 끓이는 것을 잊지 않습니다.

임신으로 힘든 점도 있었습니다. 첫째를 가졌을 땐 입덧이 심해 먹는 대로 다 토할 정도였습니다. 남편은 아예 밖에서 밥을 먹고 왔습니다. 아무것도 먹지 못하고 시누이가 끓여준 사골국물과 죽으로 겨우 지냈습니다. 그나마 둘째는 입덧이 심하지 않아 다행이었습니다.

결혼식 당시 전통 혼례 절차에 따라 폐백을 올리는 부부.

음식과 입덧을 빼면 특별히 힘든 건 없었습니다. 다문화가정의 문화 갈등이 심각하다고 하지만 그녀는 다른 것은 인정하고, 모르는 것은 배우면 된다고 생각합니다.

"물론 제가 외국인이기 때문에 달리 보는 시선도 있죠. 언젠가 놀이터에서 서영이랑 어떤 애가 노는데 그 애 엄마가 우리 애 몇 살이냐고 묻더라고요. 그래서 대답했더니 갑자기 자기 애를 데리고 가는 거예요. 제 말투를 듣고 한국 사람이 아닌 걸 알았나 봐요. 그때 마음이 좀 상했는데 조금 지나니까 괜찮아졌어요. 제가 뭘 잘못한 게 아니니까요."

한국 사람들로부터 잘 차려 입고 있으면 좀 괜찮게 보고 아니면 무시하는 것 같은 느낌을 받았다는 어드너 씨. 하지만 사람들이 어떻게 보든 괜찮다고 말합니다. 그녀는 잘못한 것이 없기 때문입니다.

씩씩한 내조의 여왕, 로맨틱한 외조의 왕

늘 긍정적으로 생각하는 그녀도 우울할 때가 있습니다. 문득 고향이 그립고, 엄마가 해준 음식들이 먹고 싶어집니다. 가장 좋아하는 음식은 '보즈(Buuz)'. 보즈는 한국 만두와 달리 고기가 많이 들어간 찐만두로 몽골인들이 가장 즐겨 먹는 음식입니다.

"가끔 보즈가 너무 먹고 싶어요. 한 입 베어 물면 육즙이 입안에 번지는 우리 엄마표 보즈. 그런데 엄마는 멀리 있으니까 먹을 수가 없어요."

그래서 그녀는 동대문 몽골타운에 가서 향수를 달래고 힘찬 기운도 한 가득 얻어옵니다. 그 기운을 남편에게 팍팍 실어줍니다. 우울한 일도 금세 털어버리는 아내의 밝고 씩씩한 내조 덕분에 남편은 한약재 유통업에 더욱 전념하고 있습니다.

남편 역시 외조에 열심입니다. 결혼 초에는 아내가 한국말을 빨리 배울 수 있게 부지런히 수다를 떨고, 지인들과의 만남에도 빠짐없이 함께 나갔습니다.

몽골에 대한 관심도 대단해서 '러브 몽골' 같은 인터넷 카페에서 활동하고 있습니다. 몽골 음식도 굉장히 좋아합니다. 가장 좋아하는 것은 '허르헉(Horhog)'. 까맣고 동그란 돌을 달군 뒤 그 위에 양고기를 놓고 찐 것으로, 돌이 지방을 흡수해 건강에 좋고 고기맛도 담백한 몽골 대표 요리입니다. 허르헉을 먹기 전 따뜻한 돌을 만져서 혈액순환을 도운 뒤 손으로 뜯어먹는다는 점도 특이합니다.

몽골에 가면 여행하고 싶은 곳도 정해두었습니다. 사진을 보고 반했다는 그곳은 몽골의 대호수 '홉스굴(Hovsgol)'. 몽골 최북단에 있는 고지대 호수로 바닥이 훤히 들여다보일 만큼 맑은 물과 깨끗하고 빼어난 자연환경을 자랑하는 곳입니다.

그의 아내에 대한 사랑은 둘째를 낳았을 때 더 빛을 발했습니다. 아내의 몸조리를 위해 장모님을 한국으로 모셔와 7개월가량 함께 지낸 것입니다.

"장모님과 몇 달을 지낸다는 게 쉬운 일은 아니지만 장모님이 안 계셨다면 저한텐 어드너도 아이들도 없었을 테니 감사하지 않을 수가 없죠. 그래서 제 부모님처럼 생각하고 많이 안아드렸어요. 장모님도 한국말을 잘하셔서 의사소통에 큰 문제가 없었어요. 몽골에서 미리 배우고 오셨더라고요. 함께 지내면서 더 가까워진 것 같아 굉장히 소중한 시간이었습니다."

아내를 위해 장모님을 한국으로 모셔온 남편의 배려도 놀랍고 미리 한국말을 배워온 어드너 씨 어머니도 참 대단하다는 생각이 듭니다. 서로를 이해하고 배려하는 가족의 모습이 참 아름답습니다.

몽골만두 '보즈'

몽골 사람들은 만두를 즐겨먹는데 귀중한 손님이 오면 대접하는 '보즈(찐만두)', 만둣국으로 끓여 먹는 '반시(물만두)', 튀겨 먹는 만두 '호쇼르(군만두)' 이렇게 3종류가 있다. 이 중 보즈는 양고기로 만든 고기만두로, 설날 아침에 먹는 전통음식이다. 한국에서 떡국을 먹듯 몽골 사람들은 보즈를 먹는데 양고기와 양파 단 두 종류의 소만 들어간다는 점이 특이하다. 양고기와 양파를 잘게 썰어 버무린 소를 만두피에 넣고 빚는데 이때 보즈 윗부분을 속이 보이도록 빚으면 보즈 속에 육즙이 고여 더욱 촉촉하고 맛있게 먹을 수 있다.

어드너 씨 어머니가 직접 만든 몽골 고기만두 '보즈'.

작은 배려가 만드는 커다란 가족사랑

다문화가정이 급증하면서 다문화가정 자녀들의 정체성 혼란이나 왕따 문제 등도 사회적으로 심각합니다. 그런 점에서 일중 씨는 아이들에게 미안한 마음이 있습니다.

"애들이 학교 들어갔을 때 상처받을까 봐 걱정이죠. 학교생활은 부모가 어떻게 해줄 수 있는 게 아니니까요. 하지만 반대로 생각하면 우리 애들은 집에 외국어 선생님이 있으니 외국어 하나만은 제대로 배울 수 있는 거잖아요. 단점보다는 좋은 점을 생각하려고 해요."

일중 씨는 시민단체에서 주관한 다문화가족 창작뮤지컬 〈꾀 많은 쥐〉 공연에도 직접 참여하는 등 아이들이 한국과 몽골의 문화를 자연스럽게 받아들이고, 아내가 한국 사회에서 소외되지 않도록 여러 모로 마음을 쓰고 있습니다. 그런 남편의 마음을 누구보다 잘 아는 어드너 씨는 자신 있게 한마디 합니다.

다문화가족 창작뮤지컬 〈꾀 많은 쥐〉에 출연했을 당시 부부의 모습.

"우리 남편 같은 사람 찾기 어려울 걸요? 서영이랑 요리 놀이도 자주 하고, 아기 기저귀도 인터넷 뒤져서 500원 더 싼 데서 사요. 알뜰하고 자상하고 착하고 정말 멋있어요."

여느 한국아줌마처럼 남편 자랑에 여념이 없는 어드너 씨의 칭찬에 함박웃음을 짓는 일중 씨. 그 모습을 보고 있노라니 두 사람 사이에 부부싸움은 전혀 없을 것 같습니다.

"에이, 저희도 가끔 다투긴 하죠. 하지만 서로 참고 이해하려고 해요. 화가 난 순간에 자꾸만 얘기하면 감정만 상하니까 그 순간은 되도록 참았다가 나중에 얘기하며 풀죠."

오로지 자신만을 믿고 낯선 땅에 온 아내를 배려하는 것은 일중 씨의 생활신조나 마찬가지입니다. 애정 표현을 잘 안 한다고 아내는 남편에게

눈을 흘기지만 일중 씨에게 어드너 씨는 서영이와 주환이라는 소중한 보물을 준, 세상에서 가장 사랑스럽고 감사한 사람입니다. 앞으로도 지금처럼 서로 위하고 배려하며 살고 싶다는 부부의 유쾌한 웃음이 이 시대를 살아가는 모든 가정으로 널리 널리 퍼지길 기대해 봅니다.

- 토닭토닭 그라탱
- 볶닭볶닭면

토마토와 닭가슴살의 뜨거운 만남

토닭토닭 그라탱

지친 아내와 아이들에게 힘이 되어주고 싶은 날!
맛있는 토닭토닭 그라탱으로 자녀의 어깨를 '토닥토닥' 격려해 주세요.

재료

- 달걀 1개
- 가지 1개
- 시판용 토마토소스 1컵
- 버터 1/2큰술
- 빵가루 2~3큰술
- 닭가슴살 2~3덩어리
- 모차렐라 피자치즈 한 줌

소스재료

- 다진 양파 1큰술
- 홀 토마토 250ml
- 소금 약간
- 후추 약간

만들기

1. 닭가슴살은 먹기 좋은 크기로 썰어준 다음 집게손가락으로 소금과 후추를 살짝 집어 뿌리고 팬에 구워냅니다.

2. 가지는 원하는 방향으로 얇게 썰어준 다음 달구어진 팬에 오일을 두른 후 노릇하게 구워냅니다.

3. 소스는 달구어진 팬에 기름을 두른 후, 중불에서 다진 양파가 투명해지도록 향을 내어 볶아주다가 홀 토마토 또는 시판용 토마토 소스를 넣고 따뜻한 물을 약간 부어 약불에 4~5분간 끓여준 뒤 소금과 후추로 간을 합니다.

4. 오븐이나 전자레인지 용기에 완성된 소스, 구워진 닭가슴살, 가지를 올립니다.

Tip

1. 홀 토마토가 없을 땐 방울토마토나 시판용 토마토 소스를 대신 써도 좋습니다.
2. 냉장고 속 오래된 토마토도 괜찮습니다. 토마토를 살짝 데치면 껍질이 잘 까집니다.

5. 그 위에 달걀, 모차렐라 피자치즈, 빵가루, 버터를 순서대로 올립니다.

6. 180도로 달구어진 오븐에서는 9~10분, 전자레인지에서는 5~6분 정도 치즈가 녹아내리도록 익혀 완성합니다.

아이들 두뇌발달에 좋은 닭가슴살 스파게티

볶뚝볶뚝기면

사랑 가득, 영양 가득! 특별한 스타게티를 먹고 싶을 때
가족들과 복닥복닥 모여 앉아 맛있는 대화를 나누세요.

- 스파게티면
  180g
- 참기름 1/2
  작은술

- 닭가슴살 1덩어리
- 따뜻한 물 250ml
- 애호박 1/2개
- 화이트와인 2큰술
- 마늘 2~3개
- 레몬 1/4개
- 소금, 후추
- 바질가루 약간
- 청양고추 1개
- 간장 1큰술

만들기

1. 스파게티면은 소금 간하여 끓인 물에 6~7분간 삶아 준비합니다.

2. 닭가슴살은 깍두기 모양으로 썰어준 뒤 소금, 후추 간 하고 호박은 씨 부분을 제거하고 적당한 크기로 썰어 준비합니다. 청양고추는 잘게 썰어 줍니다.

3. 달구어진 팬에 마늘을 볶아 향을 내어준 다음 닭가슴살과 호박, 고추, 화이트와인, 바질가루를 순서대로 넣어준 뒤 따뜻한 물과 간장을 넣고 중불에 3~4분 끓여줍니다.

4. 닭육수가 묵직하게 우러나왔을 때 스파게티 면을 넣고 1~2분간 강불에 끓여줍니다.

5. 스파게티면이 다 익으면 소금, 후추 간하고 참기름을 넣고 고루 저어준 다음 접시에 예쁘게 담아 완성합니다.

남편의 도전!

남한에서 삶의 터전 일구는
새터민 가족의 세 번째 밥상이야기

아내에게 바치는
'남편표 밥상'

"

남한에서 만나 인연을 맺은 결혼 1년차 젊은 새터민 부부가 있습니다.
남편 이경민 씨와 아내 김주희 씨. 목숨을 건 탈북 후에 닿은 새로운 땅
에서 부부는 만났습니다. 언제나 힘이 되어주는 아내에게 늘 고마운 남
편은 그 마음을 전하고 싶어 조금은 특별한 밥상을 마련했습니다.

* 부부의 요청으로 실명 대신 가명을 사용하였음을 밝힙니다.

"

남편의 사랑을 뿌린 '토닭토닭 그라탱'

부부는 둘 다 북한에서 왔습니다. 각각 다른 시기에 탈북했지만 남한
에서 아르바이트를 하다가 우연히 만나 2년의 교제 끝에 2012년에 결혼
했습니다.

"조개구이 가게에서 처음 알게 됐는데 제가 다니던 학교 앞의 카페
에서도 남편이 일을 하더라고요. 만날 기회가 많다 보니 자연스럽게 가
까워진 것 같아요. 북한에는 밸런타인데이나 화이트데이 같은 날이 없는
데 그런 날을 챙겨주는 남편의
자상한 모습이 좋았어요."

주희 씨가 연애 시절을 떠
올리며 웃습니다. '내 나라'라
고는 하지만 모든 것이 서툴고

막막했던 시절, 서로를 만나 의지하고 위로 받았습니다.

　"결혼하지 않았다면 너무 외로웠을 거예요. 혼자 있을 땐 좀 대충이었는데 결혼하니 면접 보러 갈 때 옷도 챙겨주고 행복하죠."

　결혼하길 잘했다는 경민 씨. 아내에게 늘 고맙지만 제대로 표현하지 못했기에 특별한 요리로 그 마음을 전하려 합니

다. 그가 배울 요리는 '환상의 궁합' 토마토와 닭가슴살로 만드는 '토닭토닭 그라탱'. 영양 많은 닭가슴살을 노릇노릇 구워내고, 상큼한 홀 토마토를 보글보글 끓이는 그의 얼굴이 설렘으로 가득합니다. 닭가슴살과 토마토 소스, 가지, 달걀, 모차렐라 치즈 등이 어우러진 남편의 요리에 주희 씨도 무척 기대되는 모습입니다.

"평소에 남편이 집안일을 많이 도와주는데 이렇게 멋진 요리까지 선물해 주니 정말 기뻐요. 남편은 저한테 고맙다고 하지만 제가 오히려 더 고맙습니다."

남편이 만든 토닭토닭 그라탱을 맛있게 먹는 주희 씨. 사랑 양념까지 팍팍 들어가 입에서 살살 녹습니다. 그냥 지나칠 수도 있지만 마음을 표현해준 남편 덕분에 아내는 더욱 힘이 나고 행복합니다.

오랜 기억 속의 '속도전 떡'과 '만둣국'

토닭토닭 그라탱을 만들며 즐거운 시간을 보낸 부부에게 기억에 남는 음식이 있는지 물었습니다. 경민 씨는 북한에 있을 때 먹었던 '속도전 떡'을 꼽았는데요.

"북한 서민들이 즐겨 먹는 음식이에요. 1분 안에 만들 수 있어서 속도전 떡이라고 하는데 배고플 때 먹으면 정말 꿀맛이었죠."

옥수수 가루를 물에 개어 반죽하면 바로 떡이 되는 속도전 떡. 그런데 한국에 온 뒤 먹어볼 기회가 있었는데 옛날 맛이 아니었습니다. 이걸 어떻게 먹나 싶었다고 합니다.

"저는 이모가 만들어준 만둣국이 많이 생각나요. 엄마가 중국에 계시는 동안 이모 손에서 자랐거든요. 두부, 무, 돼지고기를 넣고 만든 만두 정말 맛있었는데…."

만두 얘기를 하던 주희 씨 얼굴이 흐려졌습니다. 그녀가 탈북한 뒤 이모와 이모부도 탈북하다가 잡힌 것입니다. 탈북자들은 감옥에 보내는데 돈이 있으면 가지 않아도 됩니다. 주희 씨 어머니가 겨우 돈을 마련해 이모는 구제했지만 이모부는 지금 감옥에 있습니다.

경민 씨도 형들이 그립습니다. 부모님은 돌아가시고 가족은 형님 두

분과 경민 씨, 동생 이렇게 4형제였습니다. 그가 돈을 모아 동생은 데리고 왔지만 형들은 못 본 지 오래입니다.

"이젠 형들 얼굴이 흐릿해요. 제가 살던 동네도 겨우 기억나고요."

형들의 얼굴과 이름을 떠올려 보는 경민 씨. 그가 형들을 보고 싶어 하듯 형들도 그를 무척 보고 싶어 할 것입니다.

건널 수밖에 없었던 강

남한 땅을 밟은 것은 경민 씨가 2009년, 주희 씨가 2010년이었습니다. 특히 경민 씨는 열두 살 때 처음으로 탈북을 시도했습니다.

"북한은 초등학교가 4학년까지 있는데 4학년 졸업하고 나서였을 거예요. 당시 친구들 사이에 중국에 가면 잘 먹을 수 있다는 얘기가 공공연하게 돌았죠. 북한에 있어도 죽고 나가도 죽고 어차피 죽을 바엔 차라리 나가는 게 낫다고 생각했어요."

정말로 무서운 것은 죽음이 아니라 배고픔이었습니다. 하지만 이내 중국 공안에게 잡혀 북송되었고, 이후 수십 번에 걸쳐 재탈북을 시도했습니다. 경민 씨의 집이 두만강 옆이라서 중국은 손에 닿을 만큼 가까웠습니다. 강물이 세차게 흐를 때에는 헤엄쳐 건넜고, 꽁꽁 얼었을 때는 얼음 위를 뛰어서 건넜습니다. 그렇게 목숨을 건 몇 십 번의 도하(度河) 끝에 탈북에 성공, 6~7년가량 중국과 캄보디아를 전전하다가 2009년 한국에 온 것입니다.

남편과 달리 아내는 탈북을 생각한 적이 없었습니다. 〈조폭마누라〉

중국 지린성 훈춘시 취안허와 팡촨의 두만강변에서 바라본 북한 땅.

와 〈천국의 계단〉 등 남한의 영화나 드라마를 보며 남한이 멋지다고 생각
은 했지만 가고 싶진 않았습니다.

　먼저 탈북한 주회 씨 어머니가 돈을 보내줬기 때문에 생활도 여유로
웠지만 그녀는 브로커를 통해 한 번에 국경을 넘었습니다. 국경은 쉽게
넘었지만 어머니를 만나기까지의 마음고생은 이루 말할 수 없습니다.

　"엄마가 중국에서 일하며 돈을 부쳐줬거든요. 덕분에 전 넉넉하게
살았지만 엄마는 고생이 너무 심했어요. 게다가 중국에서 한국으로 간
뒤 교통사고를 당하셨는데 저는 가보지도 못하고 발만 동동 구르고 있었

죠. 그때 결심했어요, 남한으로 가서 엄마를 지켜줘야겠다고."

　몇 년을 헤어져 있던 모녀는 한국 땅에서 다시 만났습니다. 어머니의 교통사고 소식을 듣고도 갈 수 없어 속이 새까맣게 타들어갔던 옛날과 달리 지금은 얼굴을 볼 수 있고 함께 밥을 먹을 수 있어 행복한 주희 씨. 언제나 옆에 있어주는 어머니가 고맙고 또 고맙습니다.

나는 새터민이다

　힘들게 국경을 넘었지만 부부는 탈북하길 잘했다고 생각합니다. 이곳에서 만나 부부의 인연을 맺은 것도 감사합니다. 하지만 경민 씨가 가장으로서 느끼는 고민은 적지 않습니다.

2012년 7월 부부의 인연을 맺은 이경민·김주희 씨.

"아직 제가 학생이라 집에 보탬이 못 되는 게 미안해요. 졸업하려면 2년이나 남았거든요. 근로 장학생으로 일하고 있지만 가정을 꾸리기엔 너무 부족하죠."

빨리 졸업해서 돈을 벌어 아내에게 많은 것을 해주고 싶다는 경민 씨. 이주민이자 학생으로서, 남편이자 가장으로서 그가 느끼는 생활의 무게가 고스란히 전해집니다.

"남한이라는 새로운 체제 속에 살고 있지만 특별히 어려운 건 없습니다. 음식도 문화도 다 괜찮아요. 그런데 아는 게 많아지고 보는 게 많아질수록 힘든 것 같아요. 전 돈이 없으니까 술, 담배도 안 하거든요. 결혼했을 때 신혼여행도 못 갔어요. 그런데 세상은 굉장히 화려하고 높은 것 같아요."

한국 사회에서 느끼는 상대적 박탈감도 솔직하게 털어놓습니다. 남한 사람들끼리도 소외감을 느끼는 마당에 그의 심정은 오죽할까 싶습니다.

"저는 사람들이 물어보면 북한에서 왔다고 얘기해요. 감출 필요 없잖아요."

그의 주변에는 탈북자라고 하면 왠지 다르게 보거나 이것저것 물어보는 게 귀찮아서 그냥 조선족이라고 하는 사람이 많다고 합니다. 하지만 그는 북한에서 왔다고 아무렇지 않게 얘기합니다. 그에겐 새터민이라는 이름보다 아내와 만들어갈 앞으로의 삶이 더 중요합니다.

새터민을 넘어 '구터민'으로

다행히 부부의 주변에는 좋은 사람들이 많이 있습니다. 부부에게 가장 고마운 사람은 조요셉 목사님입니다. 목사님은 늘 좋은 말씀과 기도를 해주고, 부부를 걱정하고 배려해줍니다. 부부의 손을 따뜻하게 잡아주는 부모님과도 같은 존재입니다.

새터민 모임을 통해서 좋은 친구들도 많이 만났습니다. 비슷비슷한 사연들을 안고 있는 처지라 형제처럼 반갑고 애틋합니다. 무엇보다 기뻤던 순간은 옛날 친구와 재회했을 때였습니다. 경민 씨와 한동네에 살았던 어릴 적 친구를 이 땅에서 다시 만난 것입니다.

부부는 이곳에서의 생활이 만만치 않지만 가족이 있고 친구가 있어 감사하고 즐겁습니다. 앞으로 학교를 졸업하면 사업가가 되고 싶다는 남

편, 지금처럼 예쁜 가정 이루며 살고 싶다는 아내. 두 사람을 위해 힘차게 파이팅을 외쳐봅니다. 퇴근하면 삼겹살에 소주 회식을 즐기는 대한민국의 평범한 아저씨와 배우 김수현의 복근을 보며 탄성을 지르는 대한민국의 평범한 아줌마로, 오래 오래 우리의 정겨운 이웃으로 동행해주길 바랍니다.

- 오징어봄봄전
- 오봄밥

오징어와 봄나물의 기막힌 만남

오징어봄봄전

영양덩어리 오징어와 향긋한 봄나물, 우리 제법 잘 어울려요.
편식하는 아이들을 위한 음식, 아이들의 손이 멈추지 않을 거예요.

재료

- 링으로 썰어준 오징어 몸 통 250g (1~2마리 분량)
- 봄나물 (냉이, 취나물 등 3종) 70g
- 부침가루 120g
- 애호박 1/2개
- 소금 약간
- 식용유
- 카레가루 2큰술

만들기

1. 호박은 강판에 갈고, 나물은 깨끗이 씻어 물기를 뺀 뒤 먹기 좋게 잘라 준비합니다.

2. 부침가루와 갈아준 애호박, 손질한 나물, 카레가루를 섞어 반죽을 만듭니다.

3. 링 모양으로 썬 오징
어의 가운데 부분을
반죽으로 채웁니다.

4. 달구어진 팬에 오일
을 두르고 노릇하게
구워줍니다.

5. 적당히 익으면 상추 등 채소와 함께 예쁜 접시에 담아 완성합니다.

Tip

반죽이 너무 질어졌을 땐 빵가루로 농도를 조절합니다.

오징어가 김치볶음밥을 품다

오볶밥

평범한 김치볶음밥은 NO! 생각지 못했던 환상적인 조합.
아빠가 점수 딸 기회, 간단하지만 아이들에겐 최고의 별미랍니다!

재료

- 다진 김치 3~4큰술
- 잘게 썰어 다진
  양파 1큰술
- 달걀 1개

- 손질한 통오징어
  1마리
- 버터 1/2큰술
- 식은밥

김치볶음밥 양념

- 고추장 1/2큰술
- 잘 익은
  김칫국물 3~4큰술
- 참기름 1작은술

- 깨소금 1/2큰술
- 소금
- 후추 약간

만들기

1. 달구어진 팬에 기름을 살짝 두른 후 잘게 썰어준 김치와 다진 양파, 식은밥이 잘 섞이도록 볶아주다가 양념장을 넣고 다시 한번 고루 볶아준 뒤 소금, 후추로 간을 맞춥니다.

2. 프라이팬 한쪽에서 달걀을 깨뜨린 뒤 빠르게 저어 스크램블에그를 만들어서 볶아주던 밥과 함께 섞어 1~2분 정도 더 볶아 완성합니다.

3. 속을 비워 손질한 오징어에 김치볶음밥으로 속을 채웁니다.

Tip

불이 세면 버터가 타기 때문에 팬에 버터를 넣고 불을 줄여야 합니다.

4. 버터를 두르고 오징어를 프라이팬에 올립니다.

5. 오징어를 뒤집어가며 버터가 타지 않게 중불 정도에서 맛있게 구워줍니다.

6. 접시에 예쁘게 담아 완성합니다. 남은 김치볶음밥은 예쁜 밥공기에 따로 담습니다.

아빠의 도전!

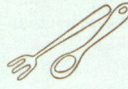
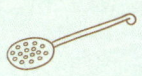

가난 딛고 어린이에게 꿈 선물하는
박인철 아빠의 네 번째 밥상이야기

요리해줄 수 있는
아빠라서 행복해요

"

생활속에서 나눔을 실천하는 ㈜핑플 대표 박인철 씨가 부인 김혜란 씨,
아들 정민이, 딸 소윤이와 함께 희망밥상을 찾았습니다. 가족과의 잊지
못할 추억을 쌓고 좀 더 많은 사람들에게 나눔의 기쁨을 전하고 싶어 앞
치마를 두른 그의 네 번째 희망밥상 만나보겠습니다.

"

지친 입맛 살려주는 '오징어봄봄전'

　　기부캠페인 벌이기, 아프리카 빈곤 어린이 돕기, 동굴 수족관 기증
등 다양한 나눔을 실천하는 박인철 씨에게 요리는 '생존'입니다. 일 때문
에 집을 비울 때가 많았던 부모님을 대신해 일찍 요리를 접한 그는 먹는
것의 간절함과 감사함을 잘 알고 있습니다.

　　그에게 최고의 음식은 어릴 때 어머니가 해주신 '소고기 불고기'입
니다.

　　"정말 뭐라고 표현할
수 없을 만큼 맛있었어요.
그 맛이 계속 입안에 맴돌
면서 잊히지가 않는 거예
요. 동생한테 해주고 싶어

서 여러 번 시도했는데 그 맛은 안 나더라고요."

당시 인철 씨는 고기 요리는 다 돼지고기로 하는 줄 알고 돼지고기 불고기를 만들었는데 도무지 맛이 나지 않았습니다. 한참 뒤에야 그것이 소고기였다는 걸 알게 되었습니다.

자식을 위해 비싼 소고기를 사오신 어머니의 마음을 생각하며 도마 앞에 섰습니다. 그가 어머니의 요리를 먹고 행복했듯 아이들에게도 그 행복을 주고 싶습니다. 즐거운 추억을 또 하나 쌓기 위해 도전할 요리는

오징어와 봄나물로 입맛을 사로잡는 '오징어봄봄전'입니다.

요리를 자주 하는 편이라 익숙하게 오징어를 손질하는 인철 씨. 오징어링 안에 푸릇한 봄나물을 채운 뒤 전을 굽습니다. 아빠가 요리하는 모습이 재미있어 보이는지 정민이와 소윤이도 만들어 봅니다. '오징어봄봄전' 한 접시에서 고소한 냄새가 모락모락 피어납니다.

모양은 동글동글, 색깔은 노릇노릇한 전을 호호 불며 맛있게 먹는 아내와 아이들. 인철 씨는 자신이 요리를 해줄 수 있는 아빠라서 행복합니다.

부모 대신해 동생 키운 '동생바보'

그는 도움이 필요한 곳이라면 마다하지 않고 달려갑니다. 마음속엔 실천해야 할 나눔 리스트가 꽉 들어차 있습니다. 왜 이렇게 나눔에 적극적인 걸까요? 지금으로부터 30년 전 당시 초등학교 4학년이었던 그의 삶을 따라 걷다 보면 그 행보에 고개를 끄덕이게 됩니다.

그의 부모님은 전국을 누비며 음식장사를 하는 장돌뱅이였습니다. 부모님이 일을 나서면 초등학교 1학년인 여동생의 든든한 보디가드가 되어주었습니다. 어려운 살림에 단골 메뉴는 수제비였지만 동생이 조금이라도 맛있게 먹을 수 있게 애썼습니다. 고속도로 휴게소에서 맛본 통감자를 동생에게 해주려고 수많은 감자를 태운 일화는 재미있고도 아픈 기억입니다.

"저는 동생에게 아버지나 마찬가지였어요. 그래서 술도 담배도 일절 하지 않았어요. 제가 정신을 똑바로 차리고 있지 않으면 동생한테 큰일이 난다고 생각했거든요."

흔히 자식을 두고 눈에 넣어도 아프지 않다고 하는데 그에게는 동생이 그랬습니다. 한창 부모의 보살핌을 받아야 할 동생이 자기 뒤만 졸졸 따라다니는 게 안쓰럽고 애틋했습니다.

그렇게 몇 달을 둘이서 지내다가 부모님이 한 번씩 집에 오시는 날은 잔칫날 같았습니다. 장터에서 사온 신발이나 과자에는 남매에 대한 사랑과 미안함이 배어 있었습니다. 그동안 배라도 곯지 않았을까 맛있는 음식을 해주시고는 부모님은 또 다시 길을 떠나셨습니다.

다 잘 될 거야, 난 행운아니까

그때를 떠올리면 너무 심한 고생을 했는데도 고생인 줄 몰랐다는 인철 씨. 주변 친구들도 모두 가난했기 때문에 다 그렇게 사는 줄 알았습니다.

"고등학교 때 친구 집에 갔었어요. 2층집에, 양문 냉장고에, 홈드레스 입은 친구 어머님이 접시에 쟁반 받쳐서 간식을 갖다 주시는데 충격을 받았죠. 와, 이런 세상도 있구나. 다 저처럼 사는 줄 알았는데 그게 아니더라고요."

친구 집에 놀러갔다가 인철 씨는 가난하고 초라한 자신의 처지를 깨닫게 됩니다. 하지만 부모를 원망하지도 자신을 불행하다고 생각하지도 않았습니다.

"엄마가 저한테 항상 해준 말이 있거든요. 다 잘 될 거야, 넌 행운아니까. 그 말 덕분에 전 제가 진짜 행운아라고 생각하며 살았어요. 무엇을 하든 엄마가 해준 말을 떠올렸죠."

자신 곁에는 늘 행운이 함께한다고 생각하며 긍정적으로 살아온 인철 씨. 세상에서 가장 불행한 사람은 돈이 없거나 아픈 사람이 아니라 자신이 불행하다고 생각하는 사람이라고 말하는 그는 힘든 상황 속에서도 쉬지 않고 꿈을 꾸었습니다. 전 세계의 말을 다 하게 해달라는 소원을 빌며 지구의 모든 언어를 구사하는 자신의 모습을 상상하기도 했고, 그 누구도 생각하지 못한 사업을 펼쳐 사람들을 깜짝 놀라게 하는 모습을 그려보기도 했습니다.

물고기 동경소년

이렇게 인철 씨는 끊임없이 앞날을 상상했습니다. 어려웠던 가정 형편, 여동생을 돌봐야 하는 상황 등은 너무 버거운 것이었지만 그에게는 현재보다 앞으로가 더 고민이었습니다.

"엄마 말씀대로 전 어차피 잘 될 거니까 잘 되고 나서 어떻게 사느냐가 더 중요하다고 생각했어요. 어떤 게 가치 있고 행복한 삶인가 스스로에게 수없이 묻고 또 물었습니다."

어딘가를 향해 하늘하늘 헤엄치는 물고기들은 어린 인철 씨에게 동경 그 자체였다.

끝없는 자문 끝에 그가 얻은 해답은 '돈
이 아닌 꿈을 좇는 사람' 그리고 '어려운 형편
에 있는 아이들을 돕는 사람'이 되어야겠다
는 것이었습니다. 그래서 어른이 되면 어려
운 아이들에게 멋진 물고기 어항을 선물하겠
다고 마음먹게 됩니다.

"어릴 때 냇가에서 잡은 물고기들을 어항에다 넣고 기르는 게 무척
좋았어요. 물고기들이 헤엄치는 모습이 자유롭고 신비로워 보였고, 하늘
거리는 지느러미의 날갯짓을 따라가다 보면 어떤 환상의 세계에 가 닿을
것만 같았죠. 그런데 어느 날 부모님이 싸우시다가 그만 어항이 깨져버
렸어요. 내 물고기, 내 물고기 하면서 방바닥에 떨어져 파닥거리는 물고
기들을 주워 담는데 그때 진짜 펑펑 울었던 기억이 나네요."

그 시절 물고기의 맑은 날갯짓은 고달프고 허기졌던 시간에 대한 위
로이자 치유였습니다. 그런데 어항이 깨지다니, 지금 생각해도 아찔한
인철 씨. 그래도 그의 꿈은 깨지지 않고 더 단단하게 자리잡아갔습니다.

새로운 길을 걸어가는 사람

인철 씨의 삶은 한마디로 '이노베이션(Innovation, 기술 혁신)'입니
다. 늘 새로움을 추구하는 그는 군대 시절 틈틈이 수집한 창조적 사업 아
이템들을 제대 후 시도하기 시작합니다.

가장 먼저 선인장 사업에 도전해 90년대 당시 6천4백만 원에 달하

는 빌라를 부모님께 사드렸습니다. 1999년에는 국내 최대의 레저포털 회사 ㈜넷포츠를 창업해 30억 신화를 이룩했고, 2004년에는 당시 국내 유일의 UCC사이트인 판도라TV를 공동 창업했습니다. 2년 뒤엔 동생 박성임 씨와 함께 광고대행사 ㈜핑플을 창업, 대기업들의 마케팅을 대행하며 승승장구하고 있습니다.

하지만 그에게도 실패는 있었습니다. 넷포츠 대표로서 최고의 정점을 찍은 뒤 쓰디쓴 추락을 맛보기도 했고, 사람을 잘 믿어 손해를 본 경우도 허다합니다.

"실패했지만 좌절한 적은 없어요. 엄마가 늘 잘 될 거라고 말씀하셨으니까 아무리 힘든 일이 있어도 하룻밤 자고 나면 다 잊어버려요."

시련이 닥쳐도 금세 긍정에너지로 충전된다는 인철 씨. 이것이 어린 날의 가난에서 그를 일으켜 주고, 현실에 안주하지 않게 하는 원동력인 듯합니다. 늘 도전을 멈추지 않는 그를 지켜보는 아내 김혜란 씨는 "제발 사업 좀 망하게 해달라고 기도한다"며 남편에 대한 애정과 믿음을 우스갯소리로 에둘러 말합니다. 실패에 대한 두려움으로 현실과 타협하기보다는 실패를 무릅쓰고 새로운 길을 걸어가는 남편이 아내 눈에는 세상에서 가장 멋져 보입니다. 그래서 혜란 씨는 어제보다 오늘, 오늘보다 내일 더 많이 남편을 응원할 것입니다.

포켓볼 프로 선수인 정민이가 경기에 집중하고 있다.

'돈' 아닌 '행복' 좇길

어릴 때부터 돈을 좇지 않겠다는 확고한 신념을 지녔던 인철 씨는 정민이, 소윤이도 그러길 바랍니다. 그래서 공부보다는 꿈을 격려하고 지원하기로 마음먹었습니다.

"공부로 성공할 순 있지만 행복할 순 없어요. 꿈이 학자라면 공부해야죠. 하지만 그게 아니라면 하고 싶은 것을 하며 사는 게 진짜 삶이라고 생각해요. KBS 〈인간극장〉에 나오는 사람들 보면 공부를 많이 하지 않았어도, 돈이 많지 않아도 충분히 행복하잖아요."

그의 든든한 지원 아래 정민이는 현재 포켓볼 프로 선수로 활동하고 있습니다. 정민이의 당구 실력을 본 전 국가대표 감독이 소질을 인정한 것입니다.

소윤이는 어릴 때부터 디자인에 관심이 많았습니다. 한동안 패션디자인에 관심을 가졌는데 지금은 네일아트디자이너가 되고 싶어 해 네일

아트 소품들을 잔뜩 사다 주었습니다.

　"딱 한 가지, 아이들이 가난을 경험해보지 못한 것이 가장 아쉬워요. 대신 제가 열심히 살고 꿈을 위해 노력하는 모습으로 좋은 본보기가 되고 싶습니다."

　그의 어린 시절 얘기를 해주면 전혀 공감하지 못하는 아이들. 자신이 가난했기에 남들도 다 가난한 줄 알았던 그처럼, 아이들도 남들이 다 넉넉하게 사는 줄 알까 봐 걱정입니다.

꿈을 분양하는 사람 되고파

　인철 씨는 어린 시절의 다짐을 잊지 않고 실천하고 있습니다. 광명 가학광산동굴에 '동굴수족관'을 기증해 광산을 찾은 이들에게 기분 좋은 시간을 선물하고 있습니다.

"내년에는 곳곳의 고아원에 100개의 어항을 기증할 예정이에요. 저의 어항 선물이 자라나는 아이들에게 멋진 꿈을 심어줄 수 있으면 좋겠어요."

그의 이런 마음은 정민이와 소윤이에게도 나눔 바이러스가 되어 퍼지고 있습니다.

"언젠가 정민이가 전화해서 빨리 자기 통장에 만 원만 넣어달라고 하더니 집에 와서 웬 나물 봉지를 건네주는 거예요. 알고 보니 어떤 할머니의 나물을 사려고 그런 거였어요."

혜란 씨가 나물 사건을 얘기하자 쑥스러워하는 정민이. 지하철역 앞에서 한 할머니가 나물 좀 팔아달라며 사람들의 팔을 붙잡았는데 사람들이 그냥 뿌리치고 가는 모습이 마음에 걸린 정민이가 다급하게 엄마에게 돈을 부탁한 것입니다. 소윤이도 아프리카 빈곤 아동과 결연을 맺어 꼬박꼬박 자신의 용돈으로 나눔을 실천하고 있습니다.

그의 따뜻한 마음이 정민이, 소윤이에게 전해졌듯이 어항 기증을 통해 많은 어린이들이 꿈과 동경의 세계를 만날 수 있을 것입니다. '나'의 행복만이 아닌 '우리'의 행복을 널리 마케팅하고 싶다는 그의 새로운 날들이 더욱 기다려집니다.

다섯 번째 희망밥상

감자 후루룩 수프

감자로 만든 우리집 아침 건강지킴이

감자 후루룩 수프

위에는 부담 없게, 조리법은 가볍게, 고소함은 별 다섯 개!
아침에 30분만 일찍 일어나 가족건강 챙겨요.

재료

- 양파 1/4개
- 감자 1/2개
- 생크림 2큰술
- 우유 50ml
- 따뜻한 물 200～250ml
- 소금

만들기

1. 양파와 감자는 일정한 두께로 얇게 슬라이스 해줍니다.

2. 팬에 기름을 두른 후
중불에서 양파와 감
자가 노릇해질 때까지 볶아
냅니다.

3. 볶아진 양파와 감자
에 따뜻한 물을 부어
끓입니다. 그 다음 끓인 양
파와 감자를 믹서에 곱게
갈아 준 뒤 팬에 붓고 생크
림과 우유를 넣어 약중불에
데워줍니다.

4. 완성된 음식은 예쁜 그릇에 담아 취향에 따라 소금 간을 해서 먹습니다.

 Tip

1. 찬물을 부으면 온도 차이로 전분이 다 뜨므로 반드시 따뜻한 물을 부어줍니다.
2. 로즈마리를 뿌리면 감자의 풋내를 잡을 수 있습니다.
3. 믹서에 간 양파와 수프를 채반에 내려주면 더 부드러운 수프를 즐길 수 있습니다.
4. 갈아준 감자와 양파는 오래 끓이면 분리될 수 있으니 약중불에서 부드럽게 데워 주는 게 좋습니다.

아빠의 도전!

웃음과 의지로 뇌종양 극복한
윤장조 아빠의 다섯 번째 밥상이야기

영양만점 요리로
가족 건강 지켜요!

"

지난해 뇌종양 수술을 받고 건강을 되찾은 윤장조 씨 가족을 만났습니다. 아내 고명숙 씨, 두 아들 자민이, 수민이와 함께한 윤장조 씨는 무척 밝고 건강해 보였습니다. 갑작스럽게 찾아온 질병으로 마음 졸였지만 다시 찾은 소중한 일상에 감사하기만 한 가족. 건강의 소중함을 새삼 깨달은 그들이 선택한 요리는 과연 무엇일까요?

"

온 가족 건강 챙겨주는 '감자 후루룩 수프'

장조 씨의 투병을 겪으며 가족은 음식에 더욱 신경 쓰게 되었습니다. 장을 볼 때 이왕이면 좋은 것을 산다는 아내 명숙 씨는 아침마다 신선한 과일과 야채로 해독주스를 만듭니다.

"아직도 남편이 이명으로 고생이에요. 이명이 심해서 불면증에 시달릴 때가 많으니까 옆에서 보기 안쓰럽죠. 그럴수록 좋은 음식, 신선한 음식으로 건강을 챙겨주려고 해요."

쉽게 만들 수 있는 건강 요리가 있다면 가족 건강을 챙기기가 한결 수월해질 것입니다. 만들기도 간편하면서 건강까지 꽉 잡아주는 최고의 건강식은 바로 '감자 후루룩 수

프'. 감자는 비타민 A와 C가 풍부할 뿐만 아니라 항암력도 뛰어납니다. 피부 미용과 비만 예방에도 좋습니다.

가족의 건강을 지키기 위해 장조 씨가 요리에 나섰습니다. 외식 프랜차이즈 사업가답게 손놀림이 익숙합니다. 순식간에 감자와 양파 껍질을 벗기고 얇게 자른 뒤 노릇하게 구워서 끓여내기까지 일사천리로 진행됩니다. 감자와 양파의 구수한 향이 자민이와 수민이의 얼굴에도 구수하게 번집니다.

믹서에 갈아준 감자와 양파, 생크림과 우유를 팬에 붓고 데우니 영양 만점의 수프가 금세 만들어집니다. 고소하고 부드러운 수프 맛에 푹 빠져버린 장조 씨 가족의 숟가락 네 개가 분주하게 오고 갑니다.

　"요리는 아내 혼자 하면 노동이지만 같이 하면 놀이가 되죠."

　앞으로 가족과 요리를 많이 만들며 즐거운 시간을 보내고 싶은 장조 씨는 간단한 재료로 손쉽게 만들 수 있는 '감자 후루룩 수프'를 부모님께 제일 먼저 드리고 싶습니다. 어릴 때 놀이터에서 놀다가 집에 가면 꼬박 꼬박 토마토 설탕절임을 만들어주셨던 그 사랑에 비할 순 없겠지만 무뚝 뚝한 큰아들이 만든 수프에는 그동안 말하지 못했던 사랑과 감사함이 듬 뿍 담겨 있을 것입니다.

교통사고처럼 찾아온 뜻밖의 질병

홍대 유명 맛집 '홍대 연가'를 운영하는 등 외식 프랜차이즈 사업가로 활발하게 활동하던 장조 씨가 쓰러진 것은 2012년 8월이었습니다. 한강 구암공원에서 20대 초반의 청년들과 길거리농구를 하던 중 갑자기 쓰러진 그를 119 구급차가 급하게 실어갔습니다.

MRI 촬영 결과 뇌종양 판정이 내려졌습니다. 평소 이명이 있긴 했지만 뇌종양은 상상할 수도 없었습니다. 건강검진을 정기적으로 받았지만 뇌 사진은 찍어본 적이 없었습니다.

"제가 원래 승부욕이 강해요. 그날도 젊은 친구들이랑 농구를 하는데 이기고 싶은 마음에 평소보다 무리했던 것 같아요. 그러다 보니 뇌압이 상승하면서 쓰러진 거죠."

장조 씨 옆에서 아내는 눈시울이 붉어집니다. 사형선고와도 같았던 뇌종양 판정 후 명의를 찾으려고 여러 번 병원을 옮긴 끝에 수술을 치렀던 일들이 떠오릅니다.

"불행 중 다행인 것은 남편이 뇌종양 2기 후반 판정을 받았다는 거예요. 3기부터는 아예 희망이 없대요. 조금만 늦었어도 정말 위험했죠."

명숙 씨는 절망 속에서 한 가닥 희망을 보았습니다. 남편의

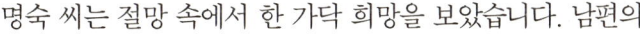

투병은 가슴이 미어지는 일이었지만 한편으로 생각하면 더 늦기 전에 알
게 되어서 천만다행이었습니다.

긍정의 주문을 외우며

입원 후 장조 씨는 너무 두려웠습니다. 수술날짜가 잡히자 입이 바짝
바짝 탔습니다.

"누구보다 제 자신이 건강하다고 생각했는데 막상 병실에 앉아 있으
니 무섭더라고요. 두려움을 내색하지 않으려고 더 웃었습니다. 평소보다
병원에서 더 밝게 생활했어요."

가족들이 더 힘들까 봐 일부러
밝아지려고 노력했습니다. 수술을
위해 머리를 깎고 나서는 활짝 웃으
면서 사진도 찍었습니다. 하지만 그
의 마음을 누구보다 잘 알고 있었던
아내는 남편의 그런 모습을 보는 게
너무 안타까웠습니다.

아프고 힘들지만 오히려 밝게 브이를 해본다.

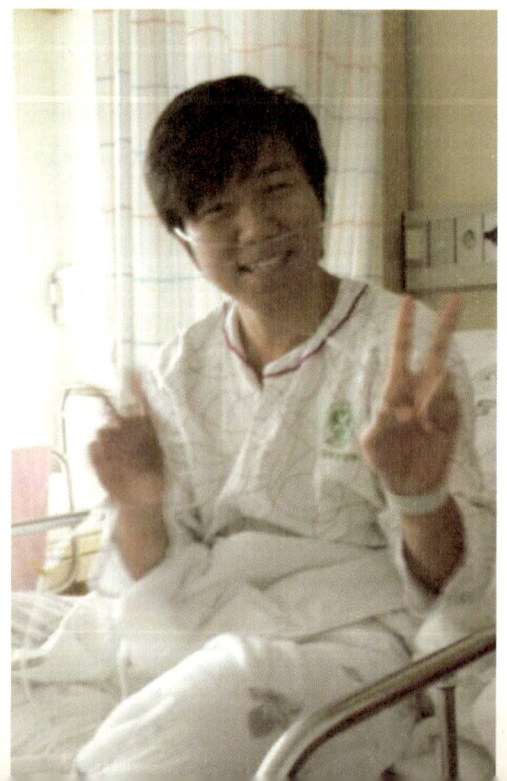

"뇌 병동 환자들은 모두가 무표
정이에요. 웃는 사람이 한 명도 없어
요. 그런데 남편 혼자 웃고 막 농담
하는 거예요. 그러면 무표정이었던
다른 환자들도 한바탕 웃곤 했죠. 심

지어 회진 오신 의사선생님과 간호사들까지도 웃으면서 돌아갔어요."

속으로는 힘들면서 겉으로는 웃고 있는 남편의 모습에 명숙 씨는 홀로 눈물도 많이 흘렸습니다. 아들들도 아빠 걱정에 마음고생이 심했습니다.

장조 씨는 수술을 앞두고 있으니 주위 사람들이 너무 보고 싶었습니다. 그래서 사람들에게 연락을 했고 그를 만나러 온 사람들로 병실 밖에 긴 줄이 생길 정도였습니다.

드디어 수술 날, 무려 10시간의 좌뇌 수술을 마친 장조 씨. 의식이 깨어났을 때 간호사가 질문을 던졌지만 말이 나오지 않았고, 오른쪽 몸도 마비가 됐는지 움직이지 않았습니다.

"깨어난 것만으로도 감사한 일이었어요. 제 옆에 있던 환자는 감기 기운이 있어 병원에 왔다가 뇌종양 진단을 받았는데 뇌수술 후 그만 의식을 잃고 식물인간이 됐거든요. 아무렇지 않게 걸어 들어왔는데 식물인간이라니 나도 저러면 어쩌나 너무 겁이 나더라고요. 그런데 전 깨어났잖아요. 물 위를 걷는 게 기적이 아니라 살아 숨 쉬는 게 기적인 것 같아요."

수술 후 그는 웃으며 지내려고 노력했습니다. 하지만 간호사가 묻는 말에 엉뚱한 대답이 나왔을 땐 당황스러웠습니다. 머릿속에서는 '사과'라고 생각했는데 입으로는 "배" 하고 대답한 것입니다. 낭패감에 휩싸였지만 곧 좋아질 거라고 스스로 긍정의 주문을 걸었습니다.

재활 운동도 열심히 했습니다. 병원 안에서 할 수 있는 유일한 운동은 복도를 몇 바퀴 도는 것뿐이었지만 하루도 빼놓지 않았습니다. 날마다 희망을 붙잡고 걸어가는 그의 모습은 뇌 병동의 환자들에게 삶의 의지를 심어주는 롤 모델이 되었습니다.

다시 가족의 품으로

　　아내의 극진한 간호와 집념의 재활 운동 덕분에 병원생활 두 달 만에 퇴원하게 된 장조 씨. 그런데 집에 오자마자 갑자기 엉엉 울어버렸습니다.

　　"병원에선 그렇게 씩씩했던 남편이 집에 들어왔는데 슬프게 울더라고요. 왜 우냐고 물었더니 남편이 그러는 거예요. 세상에 나오니까 자신이 너무 약하고 작아진 느낌이라고."

　　그날 부부는 부둥켜안고 얼마나 울었는지 모릅니다. 병원에서 꾹꾹 눌렀던 눈물들을 쏟아내고 난 장조 씨는 다시 마음을 다잡고 일상으로 돌아가기 위한 준비를 하기 시작합니다.

　　"저는 정말 운이 좋았어요. 아직도 병원에 있는 사람, 요양원에 있는 사람이 많은데 그에 비하면 저는 정말 축복받은 거라고 생각합니다."

　　오른쪽 손과 발이 불편했지만 꼬박꼬박 한강 구암공원에 나가 운동을 했습니다. 재활운동도 운동이지만 장조 씨가 쓰러졌을 때 119에 신고를 해준 청년을 혹시 만날 수 있지 않을까 해서입니다. 그날 처음 본 청년이지만 생명의 은인이나 다름없는 그를 마주친다면 단번에 알아볼 것 같았습니다. 하지만 아직 만나지 못해 아쉬울 뿐입니다.

　　그래도 기쁜 것은 꾸준한 재활 운동 덕분에 장조 씨가 일상생활을 하는 데 무리가 없게 됐다는 것입니다. 수술 후 마비가 왔던 오른쪽 손과 발도 회복되었으니 감사할 수밖에 없습니다.

'나중에' 말고 '바로 지금'

다시 일상으로 돌아온 장조 씨는 만약 낫게 된다면 하고 싶은 일들을 적은 '버킷 리스트'를 꺼내들었습니다. 아프고 나서야 그동안 너무 바쁘게 살았고 온통 일 생각뿐이었음을 깨달은 그의 리스트에는 좋은 여행과 좋은 음식, 감사의 말 이 세 가지가 적혀 있습니다.

사실 장조 씨는 스스로가 꽤 괜찮은 아빠였다고 생각했습니다. 노력을 많이 하는 좋은 아빠라고 여기며 자부심도 컸습니다. 하지만 병실에 눕고 보니 자신이 바쁘기만 한 아빠, 좀 더 살갑게 대하지 못하고 칭찬에 인색한 아빠였다는 게 너무나 아픈 후회로 다가왔습니다.

부모님께도 마찬가지였습니다. 집안의 맏이인 자신에게 베풀어준 사랑과 믿음에 한 번도 감사하다는 말을 한 적이 없었습니다. 내 가족, 내 사업만 생각한 채 바쁘다는 거 아시겠지 하며 부모님의 이해심만 요구했던 것이 너무도 죄송하게 느껴졌습니다.

이제 장조 씨는 가족들과 좋은 여행, 좋은 음식을 나누고 감사한 마

가족들과 함께한 말레이시아 여행에서 진정한 감사를 배웠다.

음을 표현하려 노력하고 있습니다. 지난 5월에는 가족들과 코타키나발루로 여행을 다녀왔습니다. 수민이가 예전부터 가보고 싶어 했는데 바쁘다는 핑계로 못 가본 곳입니다. 그곳의 아름다운 자연 속에서 가족은 변함없이 옆에 있어주는 서로에게 감사했습니다.

장조 씨는 과감하게 술도 끊었습니다. 예전에는 모든 만남에 술이 함께했습니다. 사업상 술은 절대 빠져서는 안 되는 것이라고 생각했습니다.

"술을 마시지 않아도 얘기가 되더라고요. 오히려 맑은 정신으로 새로운 스토리들을 계속 이끌어낼 수 있으니까 더욱 진지하고 즐겁게 만날 수 있다는 걸 깨닫게 됐어요."

술 예찬론자가 이젠 금주(禁酒) 전도사가 되었습니다. 술을 너무 많이 마셔서 걱정하던 아내에게 나중에 끊겠다고 했던 그였습니다. 하지만 이제 그에게 '나중에'는 없습니다.

아들, 넌 감동이었어

투병 후 아이들에게도 더욱 신경을 쓰게 된 그는 부모의 욕심보다 아이가 원하는 길을 열어주는 게 부모의 사명임을 깨달았습니다. 그에 따라 명숙 씨도 많은 것을 내려놓았습니다.

"애들 시험 땐 새벽 5시에 깨워서 공부시켰었어요. 완전 헬리콥터맘이었죠. 그런데 자기 스스로 할 수 있게, 하고 싶은 것을 할 수 있게 해주는 게 가장 중요한 것 같아요."

명숙 씨는 아이들 일에 지나치게 간섭하고 과잉보호하는 '헬리콥터

맘'이었습니다. 공부 잘해서 좋은 대학 가는 게 최고라고 생각했지만 남편의 투병을 겪으며 진짜 중요한 것이 무엇인지 알게 되었습니다. 덕분에 지금 아이들은 자신이 하고 싶은 것을 찾았습니다.

첫째 자민이의 꿈은 로봇박사입니다. 지난 6월엔 국제로봇올림피아드 한국대회에서 금상을 받기도 했습니다. 로봇 만들기에 재능이 많았지만 중학교에 올라오면서 2년 동안 손에서 놓았다가 3개월 정도 대회를 준비하고 얻은 큰 수확이었습니다.

"그때 큰아들에게 무척 감동했어요. 대회 중에 실수를 해결하는 모습이 무척 멋있고 대견하더라고요. 그래서 아들에게 아빠가 얼마나 감동했는지 얘기해 주었습니다."

예전 같았으면 말로는 표현하지 못했겠지만 이제 그는 말하기로 마음먹었습니다.

꿈에 도전하는 형을 보면서 수민이도 하고 싶은 게 생겼습니다. 어릴 때부터 강아지를 좋아했던 만큼 '수의사'가 되는 게 꿈입니다. 그런 수민이를 장조 씨 부부는 '개 박사'라고 부릅니다. 강아지와 관련된 책은 모조리 읽은 나머지 강아지 종류별 습성을 모두 꿰뚫고 있기 때문입니다. 꿈이 있어 행복한 형제, 그 뒤에는 꿈을 응원해주는 장조 씨 부부가 있습니다.

일할 수 있어 행복해

　버킷 리스트를 열심히 실행하는 한편 장조 씨는 사업에도 박차를 가했습니다. 투병 전에 해왔던 외식 프랜차이즈 사업은 물론 새롭게 심리 상담센터도 운영하게 되었습니다. 큰아들 자민이가 사춘기를 겪으며 힘들어할 때 심리 상담을 받은 것을 계기로 그 분야에 관심을 갖게 된 부부는 직접 센터를 운영하며 사람들의 마음을 치유해주고 있습니다.

　"일본은 법원에서 심리 상담 판결을 내려줄 만큼 심리 상담이 활성화되어 있어요. 판결문에 심리 상담 시간까지 명시되어 있죠. 반면 우리

나라는 심리 상담의 필요성을 덜 인식하고 있는 듯해요. 현대인은 누구나 내면의 상처를 가지고 있는데 너무 간과하는 것 같아요."

부부는 센터를 운영하는 한편 본인들도 직접 심리 상담을 받고 있습니다. 장조 씨의 투병을 겪으며 심적으로 지치고 힘들었던 마음을 치유받고 있는 것입니다. 자신이 아주 사소한 것으로 큰 걸 잃고 있는 건 아닌지 상담을 통해 돌아보게 된다는 장조 씨 부부는 앞으로 많은 사람들이 내면의 상처를 곪게 놔두지 말고 심리 상담으로 소독하고 치료받을 수 있기를 바라고 있습니다. 그런 사명감으로 오늘도 센터 문을 여는 부부는 부부가 함께 일할 수 있음에 행복하고 감사합니다.

어느 날 갑작스럽게 닥쳐온 질병 앞에서 슬픔과 좌절 대신 희망과 감사를 배웠다는 장조 씨는 아직 끝나지 않은 방사선 치료도 꿋꿋이 견디려 합니다. 뇌종양은 재발이 100%라고 하지만 그에겐 희망과 감사가 200% 충전되어 있기에 그 또한 무사히 지나가리라 믿어 봅니다.

윤장조 씨가 환우 가족에게 띄우는 희망 메시지

1. 의지를 믿으세요!
　수술은 의사가 하지만 낫는 것은 자신의 의지에 달려 있습니다.

2. 밝게 웃으세요!
　자신이 우울하고 처져 있으면 가족도 힘들어요.

3. 절대 포기하지 마세요!
　나는 끝이야, 라고 생각하는 순간 정말 끝납니다.

· 아빠손 파이
· 호호 그라탱

아빠가 직접 만들어주는

아빠손 파이

식빵의 변신은 무죄! 남은 식빵의 활용, 단호박을 품자.
속도 든든, 적당한 단맛이 아이들에게 최고의 음식!

- 단호박 1/2개
- 꿀 3큰술
- 우유 2~3큰술
- 식빵 2장

만들기

1. 단호박은 찜기에 쩌 준 후 바로 씨와 단단한 부분을 제거하여 준 다음 꿀, 우유와 함께 부드럽게 으깨어 섞어서 단호박 무스를 준비합니다.

2. 단호박 무스의 농도는 우유로 조절합니다.

3. 식빵의 가장자리를 잘라줍니다.

4. 단호박 무스를 식빵의 가운데 부분에 한 큰술 올리고 가장자리에 우유를 발라줍니다.

5. 다른 식빵의 가장자리에 우유를 발라줍니다.

6. 그 위에 식빵을 덮은 뒤 가장자리를 포크 등으로 눌러줍니다.

7. 파이 모양을 잡아준 후, 180도로 달구어진 오븐에서 10~12분 또는 달구어진 팬에 버터를 두르고 노릇하게 구워 완성합니다.

단호박과 식빵이 어우러진

호호 그라탱

맛있게, 특별하게 즐기는 단호박 요리,
조금만 시간을 투자하면 근사한 영양식이 뚝딱!

재료

- 단호박 1개
- 우유 150~200ml
- 식빵 1~2장
- 양파 1/4개
- 피자치즈 한 줌
- 소금
- 후추 약간

만들기

1. 단호박은 찜기에서 15~20분간 푹 쪄낸 다음 씨와 단단한 꼭지 부분을 제거한 뒤 우유를 넣고 나무주걱 등으로 저어 걸쭉하게 만들어줍니다. 이때 기호에 따라 소금, 후추 간을 합니다.

2. 그라탱 용기에 걸쭉하게 만들어준 단호박을 넣습니다.

3. 슬라이스한 양파를 넣고 식빵을 먹기 좋은 크기로 듬성듬성 떼어 올린 뒤 피자치즈로 덮어 줍니다.

4. 180도로 달구어진 오븐에 10분 정도 구워 완성합니다.

아빠의 도전!

 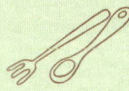 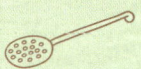

다문화가정 삼 남매와
김해성 아빠의 여섯 번째 밥상이야기

처음으로 선물한
'아빠표 요리'

 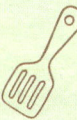 

"

한국인 아버지와 아프리카 가나 출신 어머니 사이에서 태어난 황도
담·용연·성연 삼 남매. 이 중 첫째 도담이와 막내 성연이 그리고 김
해성 목사를 만났습니다. 한국에서 태어나고 자랐지만 외로웠던 아이
들을 품으며 기꺼이 아버지가 되어준 김 목사가 처음으로 아이들에게
요리를 선물하는 날! 두근두근 설레는 마음으로 만든 '아빠표 요리'를
소개합니다.

"

아빠의 사랑을 가득 담은 '아빠손 파이'

김해성 목사가 부모를 잃은 삼 남매를 키운 지는 3년 정도 되었습니
다. 많은 시간을 함께 보내고 있지만 아이들에게 요리를 만들어준 적은
없습니다. 맛있는 음식을 만들어주고 싶지만 시간이 오래 걸리고 재료도
특별한 것을 준비해야 할 것 같아
부담스럽습니다.

좀 쉽게 만들 수 있는 요리는
없을까요? 그래서 김 목사가 도전
해본 요리는 단호박과 식빵을 이용
한 '아빠손 파이'입니다. 단호박과
식빵은 별로 어울릴 것 같지 않지
만 조금만 신경 쓰면 고소하고 달

콤한 맛이 어우러지는 특별한 파이로 변신할 수 있습니다. 자녀들에게 새로운 간식을 해주고 싶을 때, 식빵으로 색다른 요리를 하고 싶을 때, 유통기한이 다 되어가는 식빵을 처리하기 곤란할 때 '아빠손 파이'를 만들어보는 건 어떨까요?

　　라면만 끓일 줄 알았던 김 목사가 새로운 요리에 도전해 봅니다. 식빵을 자르고, 식빵에 삶은 단호박을 올리고, 우유를 바른 뒤 다른 식빵을 덮어 포크로 꾹꾹 눌러줍니다. 어느새 아이들도 아빠가 하는 대로 따라합니다. 아빠와 함께 요리를 만드는 게 즐거운지 웃음소리가 그치지

않습니다. 파이 모양을 다 만든 뒤 오븐에 넣고 기다리는 시간. 어떤 맛일까? 어떤 모양일까? 오븐에서 파이가 구워지는 동안 아이들의 기다림도 바삭바삭 구워집니다. 딩동! 드디어 '아빠손 파이'가 완성되었습니다. 고소한 냄새를 풍기는 파이가 만들어지자 아이들은 환호성을 지릅니다. 겉은 바삭하고 속은 담백하면서도 다디단 파이의 매력에 푹 빠진 아이들. 아빠가 시간과 노력을 들여 만든 파이는 사랑이 담겨 있어 더 맛있습니다.

새로운 가족의 탄생

이들의 인연은 2008년에 시작되었습니다. 당시 아이들 어머니가 뇌출혈로 돌아가셨는데 한국 국적이 없어 한 달 넘게 장례를 치르지 못한 아버지가 수많은 외국인 노동자와 중국 동포를 위해 일해 온 사단법인 '지구촌사랑나눔' 대표 김 목사를 찾아갔습니다.

"장례를 치르려고 주한 가나대사관에 찾아갔지만 가나에 있는 유족들의 동의서를 요구하더라고요. 외국인의 장례를 치르려면 서류 발급과 번역, 공증, 외교통상부와 대사관의 확인 절차 등을 거쳐야 해요. 그러지 못해 시신이 방치되고 부패하는 경우가 많죠."

김 목사는 당시를 떠올리며 대사관 앞에 어머니의 시신을 내려놓고 나서야 장례 절차를 밟을 수 있었다고 안타까워했습니다. 그런데 2년 뒤 아버지마저 스스로 목숨을 버렸습니다. 아이들에겐 아버지의 형제가 아홉 명 있었지만 아이들을 맡을 수 있는 형편이 아니어서 김 목사가 키우게 됐습니다.

하지만 사람들의 시선으로 힘들었던 아이들. 한국에서 태어나 한국 말만 쓰고 제일 좋아하는 음식도 김치찌개인데 사람들은 까만 피부만 쳐다봤습니다.

"도담이가 중학교 입학하고 나서 부쩍 마르더라고요. 어느 날 손목을 보니 커터 칼로 네 줄이 그어져 있었습니다. 학교에 가기 싫어서 자해 행위를 한 거였어요. 아이들이 '마이콜'이라고 놀리니까 너무 싫었던 거죠. 할 수 없이 학교를 쉬게 했습니다."

사춘기 소녀에게 만화 속 우스꽝스러운 흑인캐릭터 '마이콜'이라는 별명은 견디기 힘든 것이었습니다. 고민 끝에 김 목사는 자신이 설립한 국내 최초의 다문화학교 '지구촌학교'에 중학교 과정을 신설, 도담이를 전학시켰습니다. 지구촌학교에서는 중국 · 베트남 · 몽골 · 가나 · 프랑스 · 영국 등 18개 국가 출신의 아이들이 한데 모여 배웁니다. 외모와 피부색이 다르지만 놀림도 차별도 없습니다. 그곳에서 도담이도 조금씩 달라지기 시작했습니다.

'살색'이 아니라 '살구색'

2001년 11월 김해성 목사와 외국인 노동자들이 국가인권위원회에 진정서를 제출했다. 크레파스의 특정 색을 '살색'이라고 표현한 것은 인종차별이라는 것. 이제 우리 사회가 다양한 피부색을 가진 사람들과 함께하고 있으므로 국가인권위원회는 이러한 변화를 받아들였고 이에 기술표준원은 2002년 11월부터 '살색' 대신 '연주황'을 사용하도록 했다.

그런데 2004년 8월 김해성 목사의 딸 김민하 · 민영을 비롯한 어린이 여섯 명이 또 다시 국가인권위원회를 찾았다. 어린이들이 크레파스와 물감을 자주 쓰는데 어려운 한자어 '연주황'을 사용하는 것은 어린이에 대한 차별이니 '살구색'으로 바꿔달라는 것. 그리하여 2005년 5월 기술표준원은 '연주황'을 '살구색'으로 바꾸게 되었다.

한 신문에 인터뷰와 함께 실린 김해성 목사와 삼 남매의 모습.

꿈을 베고 자라나는 아이들

그동안 아이들에겐 많은 변화가 있었습니다. 무엇보다 기쁜 것은 꿈을 갖게 된 것입니다.

"어느 날 잡지에 나온 장윤주 언니를 봤는데 정말 멋있고 매력적인 거예요. 그때부터 모델이 되고 싶었어요. 꿈이 생기니까 자신감도 생기고 제 자신을 사랑하게 됐죠."

모델을 꿈꾸게 된 도담이는 채널 온 스타일의 〈도전! 슈퍼모델 코리아〉에 도전하려고 워킹 연습에 몰두했습니다. 하지만 과연 모델이 될 수 있을까 마음이 흔들리기도 했습니다. 그때 김 목사가 그 꿈을 잡아주었습니다. 평소 삼 남매에게 사랑을 베풀고 있는 MBC 방현주 아나운서를 통해 모델 장윤주 씨와 도담이를 만나게 한 것입니다.

"윤주언니가 피부색을 장점으로 바꿔 개성적인 모델이 되라고 말해 줘서 큰 힘이 됐어요."

장윤주 씨와의 만남으로 도담이는 꿈의 씨앗을 단단하게 심을 수 있었습니다.

둘째 용연이의 꿈은 영화배우입니다. 이미 2013년 1월에 개봉한 영화 〈마이 리틀 히어로〉에 다문화가정 출신 아역으로 출연해 평단과 대중의 고른 찬사를 받기도 했습니다.

셋째 성연이의 꿈은 축구선수. 바지에 구멍이 뚫릴 정도로 축구를 많이 합니다.

"축구 경기를 보면 마음이 확 풀려요. 우리나라 선수가 골을 넣으면

〈마이 리틀 히어로〉에 함께 출연한 배우 이광수, 지대한과 함께 다문화가정 아이들을 위해 마련한 '행복 도시락 나눔 행사'에 참여한 용연이의 모습.

성연이가 제일 좋아하는 축구선수인 제주유나이티드FC 강수일 선수와 함께 찍은 사진.
강 선수는 현재 지구촌학교 홍보대사이자 후원자로 활동하고 있다.

얼마나 신나는지 몰라요. 제가 축구선수가 되어 멋지게 골 넣는 모습을
천 번도 넘게 상상해 봤어요."

　축구마니아 성연이는 2012년 3월 상암동에서 열린 한국과 쿠웨이트
의 2014 FIFA 브라질 월드컵 예선전 때 5만여 명의 관중들 앞에서 양국
선수단을 이끌고 입장해 심판에게 직접 공을 전달하기도 했습니다. 성연
이의 롤 모델은 제주유나이티드FC 강수일 선수. 차별과 편견을 이겨내
고 다문화가정 출신 첫 프로축구선수가 된 강수일 선수처럼 성연이도 멋
지게 꿈을 골인시키고 싶습니다.

"처음에 아이들은 너무 공격적이었어요. 소리 지르고 물건을 부수고. 어떻게 하면 아이들이 행복할 수 있을까? 한국사회에서 검은 피부색은 치명적인 약점일 수 있습니다. 저는 이 치명적인 약점을 최고의 장점으로 바꾸어 훌륭하게 꿈을 이루어 가는 모습을 보고 싶습니다. 그래서 꿈을 찾아주고 응원해주는 사람이 되기로 했습니다."

김 목사는 아이들이 파릇파릇 꿈을 꿀 수 있게 도왔습니다. 그 마음은 지구촌학교에 다니는 아이들 모두에게도 마찬가지입니다. 한국 사회에서 상처를 받아 학교를 이탈하거나 천덕꾸러기로 전락하지 않고 꿈을 꾸고 이룸으로써 한국 사회의 당당한 일원이 되길 바랍니다.

"다문화 아이들은 불쌍한 존재가 아닙니다. 그러나 우리가 비뚤어진 시선으로 바라볼 때 그들에겐 분노가 쌓일 것입니다. 그 분노는 언젠가는 폭발하고야 마는 화산과 같습니다. 프랑스 인종폭동이 우리나라에서도 일어날 수 있다는 것 잊지 말아야 해요. 더불어 살아가는 것, 이것이 다민족 다인종 사회로 접어든 우리의 숙제일 것입니다."

김 목사의 바람처럼 앞으로 꿈을 이루어가는 삼 남매의 모습은 우리 사회의 고질적인 차별과 편견의 끈을 끊고, 상처 받고 소외된 누군가에게 희망 불씨가 될 수 있을 것입니다. 반짝반짝 빛나는 흑진주 세 알, 황도담·용연·성연 삼 남매의 미래가 무척 기대됩니다.

지구촌학교

국내 최초로 인가를 받은 초등대안학교이자 다문화대안학교인 '지구촌학교(www.globalsarang.com)'는 한 학년에 1학급, 학급당 학생 수는 15명이다. 한국어와 영어, 영어 · 필리핀 · 몽골 · 베트남 · 중국 · 태국 · 일본 · 파키스탄 · 스리랑카 · 네팔 · 인도네시아 등 부모의 모국어를 배우는 3개 언어교육 특화학교로 나를 찾아가는 정체성교육과 인문학을 통한 세계화교육에도 중점을 두고 있다. 전교생이 필수적으로 지구촌합창단과 지구촌사물놀이, 지구촌오케스트라 등에 참여하며 자신이 배우고 싶은 특기적성교육을 선택할 수 있다.

정규교육과 방과 후 교육, 다문화활동까지 학비는 전액 무료. 집이 먼 학생들을 위해 그룹홈도 운영하고 있다. 학교는 많은 기업과 후원자들의 도움으로 만들었으며, 학교 운영에 필요한 모든 예산 역시 기업과 개인 기부금으로 충당하고 있다.

· 파파수프
· 통삼겹 스테이크

양파의 영양을 온몸으로

파파수프

몸에 온기를 불어넣어 줄 마법수프!
바쁜 가족들의 훈훈한 한 끼 식사로도 손색없어요.

만들기

1. 양파와 베이컨은 먹기 좋은 크기로 썰어서 준비합니다.

2. 프라이팬을 달군 뒤 양파와 베이컨을 넣고 기름을 두른 뒤 브라운 색이 나도록 구워주면서 바질가루를 뿌려 풍미를 더해 줍니다.

3. 양파와 베이컨을 구운 팬에 홀 토마토를 넣고 신맛이 날아가도록 강불에 볶아줍니다.

4. 월계수 잎을 넣고 물을 부어준 다음 나무 주걱 등으로 토마토를 으깨어가며 10분간 끓여줍니다. 이때 수프의 농도조절을 따뜻한 물로 해줍니다.

5. 적당히 익으면 예쁜 그릇에 담아 완성합니다.

삼겹살과 양파 된장 소스의 만남

통삼겹 스테이크

돼지고기의 이유 있는 변신! 삼겹살 지겹잖아~!
기름을 쏙 빼서 더욱 담백하고 부담 없는 스테이크에 도전해 보세요.

재료

- 돼지고기 앞다리 살
  300g(덩어리째 준비)
- 소금 약간
- 후추 약간
- 카레가루 1큰술
- 된장 1큰술
- 물 2큰술
- 들깻가루 1큰술

소스재료

- 다진 양파 1큰술
- 된장 1큰술
- 간장 1큰술
- 올리고당 1큰술
- 다진 마늘 1큰술
- 시판용 돈가스 소스
  3~4큰술
- 물 1컵

만들기

1. 준비한 돼지고기 앞
다리 살은 사방에 고
루 십자 모양으로 칼집을
내어줍니다.

2. 된장과 소금, 후추, 물을 섞은 다음 칼집을 낸 앞다리 살에 고루 바른 뒤 냉장고에서 2~3시간 정도 양념이 스며들게 절여 준비합니다.

3. 달구어진 팬에 기름을 두른 후 절여둔 돼지고기의 모든 면을 노릇하게 구워냅니다. 이때 된장이 타지 않게 주의해가면서 구워줍니다.

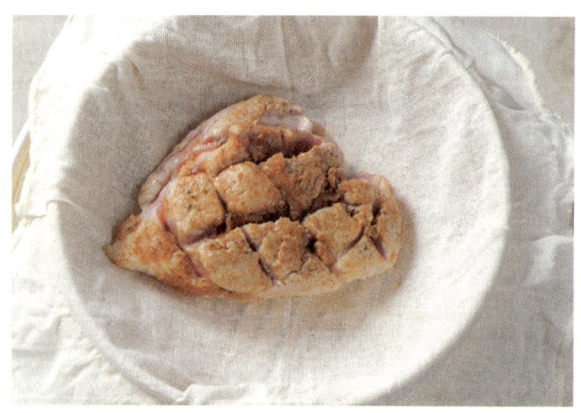

4. 구운 돼지고기는 찜통에 짧게는 45분, 길게는 1시간 반 동안 부드럽게 쪄냅니다.

5. 소스재료는 모두 섞어 프라이팬에 부어준 다음 7~8분 정도 약불에 뭉근하게 끓입니다.

6. 쪄낸 돼지고기에 소스를 얹고 들깻가루와 채소를 곁들여 예쁜 접시에 담아 완성합니다.

Tip

1. 돼지고기는 최대 2~3시간 정도 쪄내면 더욱 부드러운 육질을 즐길 수 있습니다.
2. 고기를 쪄낼 때 감초를 한두 조각 넣으면 고기 맛이 훨씬 더 살아납니다.
3. 소스를 끓일 때 신선한 레몬을 몇 조각 썰어 넣으면 좀 더 신선한 느낌의 요리를 즐길 수 있습니다.

아들의 로젼!

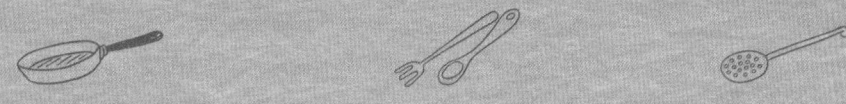

목소리로 세상 밝히는 보이스 닥터
박민우 가족의 일곱 번째 밥상이야기

요리는 사랑을 싣고

대한적십자사 희망풍차 홍보대사로 활동하고 강의나눔모임 '보톡스 기부특강'을 진행하는 등 나눔 문화 확산을 위해 바쁜 나날을 보내고 있는 사람이 있습니다. 국내 최초 소셜MC이자 목소리 연구소장인 '보이서' 대표 박민우 씨. 그가 어머니 남근숙 씨를 위해 특별히 시간을 냈습니다. 사랑하는 마음을 듬뿍 담아 만든 '아들표 희망밥상'을 만나보겠습니다.

'통삼겹 스테이크'로 부모님께 기쁨을

'보이서(http://www.voice-r.com)' 대표 박민우 씨는 목소리 코칭, 성우, MC, 직업교육 등 목소리의 모든 것을 아우르는 보이스닥터입니다. 또한 대한적십자사 희망풍차 홍보대사로도 활동하고 있으며, 두 달에 한 번씩 기부 특강까지 진행하고 있습니다.

다양한 활동을 하다 보니 부모님과 함께할 시간이 거의 없는 민우 씨. 하나밖에 없는 아들에게 무한한 사랑을 주신 부모님을 생각하면 죄송한 마음입니다.

"부모님이 늘 친구처럼 대해 주셨고요, 맛있는 요리도 많이 해주셨어요. 다 큰 제가 지금도 스스럼없이 부모님을 껴안을

수 있는 건 다 부모님의 사랑 덕분이죠."

그 사랑에 비할 수는 없겠지만 감사의 마음을 표현하고 싶어 앞치마를 매는 민우 씨. 돼지고기에 양파 된장 소스를 발라 구운 '통삼겹 스테이크'로 즐거운 시간을 준비해 봅니다.

"우리 엄마는 김밥을 진짜 잘 만드세요. 다른 애들 김밥은 평범한데 제 김밥은 항상 특별한 소고기 김밥이었어요. 소풍 가서 보란 듯이 도시락 뚜껑을 열었었죠. 친구들이 부러워할 때면 굉장히 뿌듯한 느낌이 들었답니다. 저도 그런 음식을 대접해 드리고 싶어요."

'통삼겹 스테이크'는 통삼겹살에 양파 된장 소스를 발라 절여두었다가 팬에서 구

운 뒤 다시 찜통에서 30분 이
상 쪄내야 하기 때문에 시간
이 많이 걸리지만 특별한 만
찬을 위해 과정마다 정성을
담습니다. 긴 기다림만큼 어
머니의 기대도 커집니다.

　이윽고 통삼겹살이 부드
럽게 쪄지고 그 위에 소스까
지 뿌린 먹음직한 요리가 완
성되자 놀라는 어머니. 아들
이 정성껏 요리한 '통삼겹 스
테이크'를 맛보고는 "맛이 환
상!"이라며 손가락을 치켜드
는 모습에 민우 씨는 행복하
고 감사합니다.

　그는 이 요리를 한 번 더
만들어 아버지께도 드리고
싶습니다. 어머니처럼 손가락을 치켜들 아버지의 모습이 그려져 벌써부
터 마음이 설렙니다. 찜통에서 삼겹살이 야들야들 쪄지는 동안 가족 간
의 사랑도 더 맛있게 익어갈 것입니다.

칭찬은 아들도 춤추게 한다

민우 씨 어머니는 아들이 너무 바빠 얼굴 보기도 힘들지만 서운하기보다는 오히려 자랑스럽습니다. 도움이 필요한 곳이라면 어디든 서슴없이 나서는 모습에 감사한 마음이 큽니다.

"여태까지 속 한번 썩인 일 없어요. 기껏해야 사춘기 때 말대꾸 조금 한 게 다예요. 스스로 잘 성장해줬고 또 의미 있는 일을 하고 있으니 부모로서 더 바랄 게 없죠."

어머니가 기억하는 어린 시절의 민우 씨는 지금처럼 키도 크고 덩치도 컸지만 남을 위협하는 사람이 아니라 남을 위하는 사람이었습니다.

"체격이 큰 아이가 작은 아이들을 위압적으로 괴롭힐 때 민우가 나서서 약한 아이들을 보호해주곤 했어요. 그러다 보니 임원생활도 많이 했고 봉사상도 많이 받았습니다."

민우 씨는 큰 덩치를 이용해 앞에 앉은 키 작은 아이들을 위협하는 친구를 보면 가만히 있을 수가 없었습니다. 앞에 나서는 성격은 아니었지만 누군가 피해를 당하는데도 대부분의 아이들은 보고만 있었습니다. 그래서 그는 자신이 용기 내어 나서야 한다고 생각했습니다.

"어릴 때부터 부모님이 칭찬을 많이 해주셨어요. 그 칭찬이 저를 밝

고 자신감 있게 만들고 부모님과의 관계도 돈독하게 하지 않았나 싶어
요. 어떤 부모님들 보면 내 자식은 칭찬할 게 없어, 이러시는데 칭찬할
게 없는 게 아니라 칭찬할 것을 못 찾으신 게 아닐까요?"

부모의 칭찬이 명약이라는 민우 씨는 자신이 밤마다 어머니와 수다
를 떨고, 아버지와도 한 이불 덮고 잘 수 있는 건 모두 칭찬의 힘이라고
생각합니다.

그의 말처럼 민우 씨 어머니는 내 아이를 내가 칭찬하지 않으면 누가
칭찬해주나 하는 마음으로 언제나 칭찬거리를 찾았습니다. 자식을 가둬
놓고 키우면 스스로 아무것도 할 수 없고, 사회에 나가서도 힘들다고 판
단한 어머니는 자유롭게 놓아주되 칭찬과 격려를 아끼지 않는다면 아이
는 올바르게 자랄 것이라고 믿었습니다. 부모님의 맛있는 칭찬 요리 덕
분에 민우 씨는 잘 성장해 주었고 지금도 딸처럼 살갑고 다정합니다.

"민우는 제 얘기를 잘 들어줘요. 그래서 고민이 생기면 아들한테 얘
기하게 돼요. 묵묵히 모든 얘기를 들어주고 때론 저보다 현명한 해결책
을 제시해 주기도 하죠."

어머니는 자신의 이야기에 흔쾌히 귀를 기울여주는 아들이 고맙기만

어릴 때부터 부모님과 스킨십이 잦았던 그는 커서도 스스럼없이 부모님을 안아드리곤 한다.

합니다. 아들과의 대화가 즐거울 수 있는 이유는
민우 씨가 지키려고 노력하는 철칙이 있기 때문
입니다.

"부모님과 대화할 때 절대 내 식으로 얘기하면 안 돼요. 특히 엄마하
고 말할 때는 더더욱이요. 엄마도 여자잖아요. 남자와 여자의 말하기 방
식은 다르기 때문에 내 방식대로 얘기하면 상처를 줄 수도 있거든요."

자신이 아들이다 보니 어머니가 말하지 못하는 게 있을까 싶어 여성
학 공부는 물론 페미니즘 교육까지 듣는다는 민우 씨. 노력하는 아들 덕
분에 모자(母子)는 늘 유쾌한 수다로 시간을 보냅니다.

나눔의 유통 기한은 '지금'까지

2012년 11월 30일부터 12월 2일까지 '대한민국 위기 가정에게 희망
을'이라는 주제로 2012 대한적십자사 시민 참여 자선 모금 캠페인이 열
렸을 때 전 평창동계올림픽 유치위 대변인 나승연 씨, 개그맨 겸 사업가
이승환 씨와 함께 48시간 동안 먹지도 자지도 않고 '희망풍차, 시리어스
리퀘스트'를 진행한 민우 씨. 중간에 졸기도 했지만 자선 나눔 콘서트에
가수 NS윤지가 나왔을 땐 정신이 퍼뜩 들었다며 당시를 떠올렸습니다.

"학생들이 저금통을 들고 오는데 느낌이 묘했어요. 약간의 저림이랄
까, 그동안 언론에서 보여주지 못했을 뿐 일반인들의 기부 문화가 얼마
나 진실한지 느낄 수 있었습니다."

언론의 기부 보도는 아무래도 유명인 위주이다 보니 일반인들의 기

부 문화는 빈약하게 비쳐지기도 합니다. 하지만 일반인들의 기부 문화도 폭넓게 이루어지고 있습니다. 민우 씨가 진행하는 강의나눔모임 '보톡스(votalks) 기부 특강'에서도 마찬가지입니다.

누구나 참여할 수 있는 이 특강은 평범한 사람들의 릴레이 특강으로 자기 계발도 하고 나눔도 실천하는 데 의의가 있습니다. 소외지역의 학교에 문구를 보내고, 말벗이 필요한 어르신들을 찾아가 봉사하는 등 참석자들이 회비로 내는 만 원은 온전히 나눔에 쓰입니다.

"몸으로 부딪치는 게 진짜 봉사라고 생각하기에 도움이 필요한 곳에 직접 찾아가요. 또한 어느 한쪽이 우월한 수직적 봉사가 아닌 수평적 봉사를 추구하고 있습니다."

대한적십자사 희망풍차 SR(Serious Request) 서포터즈, 기부 특강 등 나눔 활동에 바쁜 민우 씨. 누구나 나눔이 좋다는 건 알고 있지만 시간과 노력을 들이기란 쉽지 않습니다.

"내가 얼마를 벌고 나서가 아니라 얼마 없어도 기부하겠다, 이것이 진짜 나눔이죠. TV에서 도움이 필요한 사람들이 나오면 누구나 가슴 짠해 하지만 주머니 사정을 생각하게 되죠. 그들에겐 '지금' 도움이 필요한데 '나중에' 돕겠다는 건 도움을 외면하는 것과 같습니다."

누군가 도움이 필요할 때 바로 그때 실천하는 나눔이 진짜배기라는 민우 씨. 그는 우유가 유통기한이 지나면 상하듯이 나누고 싶은 마음도 빨리 사용하지 않으면 상해버리기 때문에 나눔만은 망설임이 없어야 한다고 생각합니다.

'2012 희망풍차 Serious Request'에서 나승연 씨, 이승환 씨와 함께 진행을 맡아 시민들의 따뜻한 나눔을 모으고 있는 민우 씨의 모습.

목소리로 사회에 기여하고파

　　나눔의 중요성과 필요성은 누구나 알고 있지만 의외로 방법을 잘 모르는 사람들도 있습니다. 나눌 수 있는 방법은 관심과 애정을 가지고 봐야만 보이기 때문입니다. 민우 씨가 대한적십자사 희망풍차 SR 서포터즈로 활동하는 이유도 나눔에 대한 사람들의 관심을 불러일으켜 행복한 나눔 문화를 확산시키기 위해서입니다.

　"제가 누군가에게 나눔의 인식을 심어줄 수 있다면 그것만큼 행복한 일은 없을 거예요. 앞으로의 목표도 목소리로 사회에 기여하는 사람이 되는 것입니다. 말 한마디가 사람을 움직인다고 하잖아요. 제 말을 통해 누군가가 나눔을 실천할 수 있었으면 좋겠어요. 저와 뜻을 같이하는 사람들이 모여 '재능 나눔 콘텐츠집단'을 만들 수 있다면 더 좋고요."

　그는 나누고자 해도 방법을 잘 모르거나, 겨울에만 엄청 몰리는 일회성 나눔 등 아직 아쉬움이 많은 우리나라의 나눔 문화에 보탬이 되고 싶습니다. 나눔은 희망이며 우리의 작은 나눔이 큰 희망으로 뻗어간다는 것을 확신하기 때문입니다. 알코올 중독, 마약 중독은 위험하고 치명적이지만 나눔 중독은 아름답고 향기롭기에 그의 나눔은 앞으로도 멈추지 않고 계속될 것입니다.

박민우 씨가 전하는 엄마와 아들을 위한 러브 팁

1. 오감을 열어두라
엄마를 보고, 냄새를 맡고, 손을 잡는 등 스킨십을 자주 하라.
터치할 때마다 엄마와 아들의 러브 포인트가 적립된다.

2. 응답하라 아들이여
엄마의 문자에 바로 답장하라.
핸드폰 저편에서 엄마가 애타게 아들을 기다리고 있다.

3. 엄마를 칭찬하라
칭찬은 주름살의 천적.
작은 칭찬 한마디가 엄마를 젊게 한다.

- 연어스테이크 흑미밥
- 오색잡초밥

슈퍼푸드와 블랙푸드의 우아한 만남

연어스테이크 흑미밥

집에서 외식하는 기분으로, 입맛 확 살려주는 연어스테이크.
생각보다 간단하지만 비주얼과 맛에 반할 거예요!

재료

- 흑미밥 1공기
- 스테이크용 연어 200g
- 마늘 10개

소스재료

- 간장 120mL
- 다진 마늘 1큰술
- 다진 파
- 생강 약간

- 청주 30mL
- 물엿 1큰술
- 사과 1/2개
- 다시마 우린 물 한 컵

만들기

1. 연어는 전분가루를 앞뒷면에 살짝 묻혀 준비합니다.

2. 달구어진 팬에 오일을 두른 후 연어를 굽습니다. 그 옆에 슬라이스한 마늘을 넣습니다.

3. 기름을 넉넉히 두르고 마늘을 바삭하게 구우면서 기름기를 닦아냅니다.

Tip

1. 마늘을 구울 때 노릇하게 구워야 향이 잘 나옵니다.
2. 연어를 구울 때 흘러나온 기름을 잘 닦고 소스를 뿌리면 더욱 담백합니다.

4. 준비한 소스를 부어 연어가 맛있게 익을 때까지 3~4분 정도 끓여줍니다. 이때 소스가 타지 않게 따뜻한 물을 조금씩 부어가며 끓여줍니다.

5. 맛있게 지어진 흑미 밥 위에 연어를 올린 후, 바삭하게 구워진 마늘을 부숴 뿌립니다.

6. 상추, 무순 등을 올려 예쁜 접시에 담아 완성합니다.

5가지 신선한 재료의 색다른 모임

오색캡초밥

집에 남아 있는 재료를 활용해 간단하게 만드는 컵밥.
보암직하고 먹음직스러운, 먹는 재미까지 쏠쏠해요!

재료

- 토마토 1개
- 칵테일 새우
  25~30g
- 당근 1개

- 오이 1개
- 달걀노른자 2개

초밥재료

- 따뜻한 흑미밥 600g
- 배합초
  (식초 60mL + 설탕 30g + 소금 10g)

만들기

1. 따뜻하게 갓 지어진 흑미밥에 배합초를 넣습니다. 주걱으로 밥알이 뭉개져 상하지 않도록 고루 섞어준 다음 식혀 준비합니다.

2. 칵테일 새우, 토마토, 당근, 오이는 공기알 크기보다 조금 작은 정육면체로 썰어 오일을 두른 팬에 볶아 준비합니다. 달걀노른자는 팬에 붓고 주걱 등으로 빠르게 저어 스크램블에그로 만들어 준비합니다.

3. 속이 비치는 투명한 컵에 초밥 → 당근 → 초밥 → 오이 → 초밥 → 토마토 → 스크램블에그 → 칵테일 새우 순으로 올립니다.

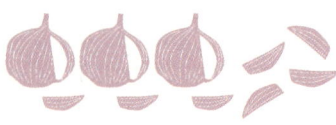

4. 깨소금, 참기름 등 기
호에 따라 양념을 넣
은 후 완성합니다.

딸의 도전!

기쁨도, 시련도 함께하는 다운증후군
채주향 가족의 여덟 번째 밥상이야기

아빠, 엄마에게 드리는
25년 만의 밥상

"

25살, 꿈 많은 아가씨 주향 씨를 만났습니다. 다운증후군 장애를 가진 그녀
는 남들보다 조금 불편한 삶을 살지만, 누구보다 가족의 사랑을 많이 받고
자란 귀한 딸입니다. 금지옥엽, 혹시나 깨지고 상처받을까 걱정이 많은 주향
씨 부모님. 주향 씨는 감사한 마음을 담아 부모님을 위해 특별한 요리를 대
접하려 합니다. 생애 처음으로 아빠, 엄마에게 드리는 주향 씨의 밥상이 궁
금해집니다.

"

어버이의 은혜에 선물한
연어스테이크 흑미밥

　　주향 씨는 떨리는 마음으로 앞치마를 둘렀습니다. 여태껏 가족에게
넘치는 배려와 사랑을 받았는데 한 번도 부모님을 위해 요리한 적이 없
습니다. 그 흔한 라면도 끓여드린 적이 없어서 오늘은 팔을 걷어붙이고
요리를 배워 봅니다. 카페모카와 팥빙수를 잘 만들고 회를 무척이나 좋
아하는 주향 씨. 그래서 별명도 '회순이' 라고 합니다. 특히 연어를 가장
좋아하는데 마침 오늘
만들 요리도 '연어스테
이크와 흑미밥'입니다.
조리 기구를 다루는 것

이 서투르지만 열심히 연어도 뒤집고 마늘도 굽습니다.

    각각의 재료들은 그녀의 손이 닿는 순간, 부모님께 대접하는 특별한 요리가 됩니다. 요리 하나로 고마움을 표현하기엔 많이 부족하지만, 부모님은 그동안의 수고로움이 사르르 녹습니다. 이제는 딸 덕분에 행복하다는 아버지 채성병 씨는 연거푸 "공주님, 공주님."이라며 평소에 부르던 애칭을 자꾸 부릅니다.

    "공주님, 정말 맛있어요. 내가 먹어 본 요리 중의 최고예요. 자, 오늘 우리도 이렇게 맛있는 음식을 배웠으니 보답을 해야겠죠?"

딸이 처음으로 차려준 요리에 감격한 아버지의 눈가가 어느새 촉촉해져 있습니다. 그 감사의 마음을 표현하고 싶어 7년째 취미로 부는 색소폰을 듭니다. 어느새 주향 씨가 오카리나를 들고 옆에 섭니다. 어머니 임정자 씨는 두 손을 모으고 부녀가 만들어내는 천상의 하모니에 귀를 기울입니다.

사랑이란 부메랑처럼 다시 돌아오는 법인가 봅니다. 25년간 주향 씨에게 쏟은 사랑은 아무 조건도 바람도 없는 것이었지만 이제 주향 씨는 그 사랑을 부모님께 조금씩이라도 돌려드리려 합니다.

꿈 많은 아가씨, 채주향

"내 이름은 채주향입니다…. 나는 아빠와 엄마… 그리고 오빠와 네 식구예요…. 나는 오카리나 연주를 잘해요…. 음…, 리코더, 클라리넷 연주도 할 수 있어요. 아…, 재즈댄스도 출 줄 알고 워십(Worship music), 수영, 또 지금은… 저희 교회에서 바리스타로 일하고 있어요…."

수줍은 어투로 차분하게 자신의 소개를 마친 25살 주향 씨. 남들은 취미 하나도 갖기 어려운 악기를 여러 개 다룰 줄 압니다. 그것뿐인가요. 수영, 농구, 배드민턴, 탁구 등 여러 운동까지 섭렵한 만능체육인입니다.

요즘 주향 씨가 가장 즐기는 것은 오카리나 연주입니다. 주향 씨의 이송사촌 언니가 사단법인 오카리나협회 도봉지부장을 맡고 있었고, 사촌 언니에게 오카리나를 배웠던 주향 씨의 교회 선생님께서 오카리나반을 결성하면서 오카리나를 처음 접하게 되었습니다. 흙으로 빚어서 구워 만든 오카리나의 맑고 청아한 음색에 푹 빠져 버린 주향 씨는 오카리나를 잘 불기 위해서 수없이 반복하며 기본적인 운지법을 훌륭하게 익혀 냈습니다. 오카리나를 연주할 때면 마음이 평온해지고 행복해진다는 주향 씨. 그녀의 재능은 여기서 멈추지 않습니다.

한때 다운센터에서 재즈팀 '몸짓'의 멤버로 활동했었고 2009년부터 창동염광교회 로뎀카페 1호점에서 주향 씨와 친구들이 바리스타로 활약하며 맛있는 커피를 만들고 있습니다. 또한 '주향기' 워십 팀의 일원으로, 합주단 글로리아 '챔버'에서 클라리넷을 불며 바쁜 나날들을 보내고 있습니다. 가끔은 친구들과 노인센터를 방문해 멋진 공연으로 할아버지, 할머니들과 즐거운 시간을 보내기도 합니다.

그런 그녀가 남들과 다른 것이 있다면 다운증후군 장애 때문에 조금 불편하다는 것입니다. 하지만 그것만 빼면 여느 20대 아가씨와 다를 바 없습니다. 하고 싶은 것, 가고 싶은 곳이 수첩에 빼곡하게 적혀 있는 꿈 많은 욕심쟁이입니다.

그녀의 꿈 가운데 가장 첫째는 바로 부모님께 효도하는 것입니다. 지난 세월동안 아낌없는 사랑을 베풀어주신 부모님. 부족하기만 한 딸인데 이 세상에서 가장 귀한 사람으로 대접해주는 부모님의 은혜를 갚으려면 백 년 동안 효도한다 해도 모자랄 것 같습니다.

두 번째 꿈은 멋진 목사님이 되어 목회의 길을 걷는 것입니다. 현재

다니고 있는 교회의 목사님으로부터 은혜로운 말씀을 듣고 많은 감동과 감화를 받아 목사님을 인생의 롤 모델로 삼게 되었습니다.

이렇게 주향 씨는 세상에 한 발짝 더 다가가고 있습니다. 주향 씨가 태어난 후 25년의 시간을 오롯이 그녀에게 바친 부모님이 계셨기에 가능한 일이었습니다.

사단법인 한국오카리나협회(양강석 회장)

'대한민국 오카리나 문화 만들기'라는 모토 아래 2006년 국내 최초로 문화관광부 소관 사단법인 설립을 허가받은 오카리나 관련 단체이다. 오카리나 문화 나누기, 전문가 양성을 통해 오카리나 문화 발전을 위해 힘쓰고 있다. 또한 전문적이고 체계적인 교육법, 세미나, 학술대회, 공연, 악기 제작 등으로 다양하게 오카리나 문화를 선보이고 있다.
한국오카리나협회는 '사랑의 오카리나 선율 나눔' 행사로 어려운 기관에 악기를 기증하며 자라나는 아이들에게는 미래를, 감수성이 예민한 청소년들에게는 희망을, 힘들고 고된 세파 속에 열심히 살아가는 어르신에게는 위안을 주고 있다.

힘겹게 아프게 우리에게 온 아이

시간을 거슬러 주향 씨 부모님의 연애 시절로 돌아가 봅니다. 당시 38세였던 아버지와 33세였던 어머니의 늦깎이 만남과 사랑. 늦게 찾아온 사랑만큼 그 어떤 연인보다 멋스럽고 열정적인 사랑으로 결혼에 골인하면서 주향 씨 가족의 특별한 이야기가 탄생합니다.

주향 씨 부모님은 결혼 후 바로 주향 씨 오빠를 낳았고, 5년 후 혼자

자라는 아들이 외로워 보여 둘째를 임신하였습니다. 뱃속에서도 건강하게 잘 놀았던 주향 씨는 가족을 빨리 보고 싶었는지 예정보다 한 달 일찍 세상과 마주하게 됩니다. 2.5kg의 여리고 작은 몸으로 태어났지만 천사의 얼굴을 가진 예쁜 딸이었습니다.

첫째가 아들이라 간절히 딸을 원했던 가족들은 벅찬 감동과 기쁨으로 행복한 나날을 보냈습니다. 하지만 한 달 후 예방접종을 맞히러 병원에 갔다가 딸의 상태가 좋지 않다는 말을 듣게 됩니다. 의사선생님의 권유에 따라 좀 더 큰 병원을 찾은 주향 씨 부모님은 장애라는 것은 전혀 생각지도 못했는데 다운증후군이 의심된다는 청천벽력과도 같은 소리를 듣고 정신을 차릴 수가 없었습니다.

"다운증후군 이거 굉장히 위험한 겁니다. 걸음도 늦지, 말도 늦지, 게다가 합병증도 장난 아니에요."

의사선생님은 다운증후군에서 발생할 수 있는 온갖 합병증을 나열하며 주향 씨 부모님의 애간장을 바짝바짝 태웠습니다.

혼미한 정신을 애써 부여잡고 다시 서울대학병원을 찾은 주향 씨 부모님은 그곳에서 좀 더 자세한 검사를 받았습니다. 결과는 다운증후군 확진. 눈앞에서 세상이 와르르 무너져 내렸습니다.

"어머님, 첫째 아이 키워 보셨죠? 주향이도 똑같이 키우시면 됩니다. 염색체 이상이기 때문에 그 누구의 탓도 아니니까 부부끼리 절대로 싸우지 마세요. 남들과 조금 다른 것뿐이니 너무 상심하지 마시고요. 부모님 마음이 가장 중요하니까 약해지지 마시고 아이를 위해서라도 힘내세요."

혹시나 아이가 잘못될까 노심초사하고 있는데 의사선생님의 친절한 설명과 위로를 들으니 마음에 희망이 생겨나기 시작했습니다.

나는 주향이 엄마입니다

"주향이가 내 딸인 것은 분명히 뜻이 있을 거라고 생각했어요. 그 누구보다 밝고 건강하게 잘 키워내리라 마음먹었죠."

하지만 굳은 다짐도 잠시, 주향 씨를 바라보고 있으면 세상 앞에 어떻게 서나 답답하고 무서웠습니다. 어머니는 주향 씨가 다섯 살이 될 때까지 사람들에 대한 두려움으로 가족도 친구도 만나지 않은 채 세상과 단절하며 살았습니다. 그런 어머니를 더욱 힘들게 한 것은 남편의 태도였습니다. 딸에 대한 기대가 컸던 만큼 현실에 대한 충격이 컸던 남편은 주향 씨의 장애를 쉽게 인정할 수 없었습니다.

주향 씨 아버지는 시간이 필요했습니다. 하지만 시간이 지나도 마음이 움직이지 않았습니다. 남편이 아빠의 자리로 돌아오기만을 기다리던 주향 씨 어머니는 앞으로 더 많은 시간을 기다려야 한다는 것을 깨달았습니다. 주향이를 낳았을 때 딸이라고 그렇게도 좋아했는데 이젠 차갑게 외면하는 남편을 보며 자기 앞에 놓인 현실을 바라보게 됩니다.

주향 씨의 일터 로뎀카페 1호점. 서빙은 물론 설거지도 알아서 척척! 누가 시키지 않아도 분리수거까지 거드는 성실한 바리스타 주향 씨.

"나까지 집에서 넋 놓고 울고만 있으면 안 되지 하는 생각이 들더라고요. 우리 주향이가 세상과 당당히 맞설 수 있도록 내가 정신을 차려야겠구나. 부모가 노력한다면 우리 주향이도 잘 자라줄 거야, 보통 아이들처럼 꿈을 꾸고 그것을 멋지게 이루는 아이가 될 수 있을 거야. 그렇게 생각하며 내가 포기하지 않으면 남편도 언젠가 돌아봐 줄 거라고 믿었어요."

주향 씨 어머니는 남편이 마음을 돌이켜 아이를 사랑할 수 있게 해달라고 남편을 위해 기도하며 주향 씨의 재활 치료에도 집중했습니다.

어머니는 날마다 정해진 시간에 주향 씨를 등에 업고 집을 나섰습니다. 사시사철, 비가 오나 눈이 오나 하루도 빠짐없이 재활센터를 찾았습니다. 20년 전만 해도 재활원이 많지 않아 버스와 지하철을 번갈아 타며

멀리까지 가야 하는 고생길이었지만 어머니는 하루도 쉬지 않았습니다. 그렇게 하루도 쉼 없이 딸을 위해 애쓰는 어머니를 지켜보던 아버지의 마음이 마침내 열리기 시작했습니다.

"그때는 주향이 같은 아이를 버리는 매정한 부모도 많았죠. 그런데 집사람은 헌신적으로 주향이를 돌보더라고요. 여름이라 온몸에 땀띠가 났는데도 아이를 업고 집을 나서는 모습에 얼마나 감동했는지 몰라요. 얼었던 마음이 다 녹았습니다."

그때부터 어머니는 마음속의 큰 짐을 덜어내고 딸을 향한 치료에 더욱 집중했습니다. 다행히 주향 씨는 중복장애가 없어 어머니는 이를 감사히 여기며 딸이 세상과 적극적으로 소통할 수 있도록 더 많은 노력을 기울였습니다.

진정한 가족애(愛)의 발견

주향 씨가 태어난 후 어머니는 '주향이 엄마'라는 이름표를 달고 쉼 없이 달려왔습니다. 그러다 보니 어머니에게는 개인적인 시간이 허락되지 않았습니다. 24시간 딸의 매니저가 되어 딸의 일정대로 움직여야 했습니다. 하나부터 열까지 이것저것 챙기랴, 내성적이고 고집이 강한 주향 씨와 싸우랴 매일 전쟁을 치르고 있습니다. 친구들과 여유롭게 차를 마시며 수다도 떨고 가족과 1박 2일의 여행도 꿈꿔 보지만 안심하고 딸을 맡길 수 있는 복지센터 하나 없으니 그 마음조차 사치입니다. 복지에 관한 사회적 인식이 개선되고 관심도 높아져 예전에 비하면 복지시설이 많이 늘었다고는 하지만 아직 현실은 녹록지 않습니다.

때문에 장애인뿐만 아니라 장애인 자녀를 둔 엄마들을 위해 나라에서 복지제도를 잘 정비해줘야 한다고 어머니는 강조합니다. 아버지도 어머니와 마찬가지로 복지정책에 대한 아쉬움을 짚습니다.

"유럽의 복지시스템은 아주 잘 되어 있죠. 우리나라는 선진국에 비하면 1/10 수준도 채 안 되는 열악한 환경에 놓여 있습니다. 아내도 이제 나이가 많이 들었고 딸을 혼자 돌보기에 점점 힘이 부칩니다. 옆에서 아내를 지켜보면 안쓰러울 때가 많아요."

아직까지 우리나라는 국가적 제도가 미비하기 때문에 경제적인 여유가 허락되지 않으면 장애를 가진 아이의 삶은 방치될 수밖에 없습니다.

주향 씨 어머니는 어려운 경제여건 속에서 맞벌이를 포기하고 주향 씨를 돌봤습니다. 물론 그 또한 쉬운 선택이 아니었지만 아버지는 집 밖에서, 어머니는 집안에서 서로의 역할에 최선을 다하면서 하나의 바퀴를 굴려갔습니다.

지금 주향 씨는 본인의 위치에서 기대 이상으로 너무 잘 자라 주었습니다. 자신과 가족을 무척이나 사랑하고 늘 밝고 긍정적이며 열정적입니다. 어머니는 이런 딸이 기특하고 자랑스럽지만, 가슴 한 곳에는 주향 씨 오빠에 대한 미안한 마음이 자리 잡고 있습니다. 엄마의 손길이 한창 필요했던 초등학교 시절에도 어머니는 주향 씨를 돌보느라 아들은 제대로 보살펴주지 못했습니다.

주향 씨 오빠도 2006년에 뇌종양 판정을 받고 큰 수술을 받았지만 다행히 수술은 잘 되었고 완치 판정을 받은 지도 2년이 지났습니다. 지금은 명문대학을 졸업하고 박사 과정을 밟고 있습니다. 어머니는 묵묵히 스스로 잘 성장해준 아들이 고맙고 자랑스럽기만 합니다.

부모님의 사랑과 정성으로 절망에서 희망으로 바뀐 주향 씨 가족의 이야기. 앞으로 또 어떤 행복과 웃음이 가득한 희망이야기로 만나게 될지 기대됩니다.

섬김과 봉사로 희망을 키우는
창동염광교회 장애인 & 피망(피어라 희망)센터

토요아자센터
장애인부는 아자센터를 통해 장애인의 여가 문화와 예술역량을 계발한다.
1. 체육 문화교실 : 축구, 인라인, 탁구, 볼링, 골프, 등산
2. 예능 문화교실 : 노래, 댄스, 악기, 미술
3. 생활 문화교실 : 비즈, 뜨개질, 쿠키, 요리
4. 방과 후 아자 : 방과 후 정해진 요일에 운영되는 문화수업이다.
   ▷ 연극팀 '피망스', 합창단 '엔젤보이스', 합주단 글로리아 '챔버'
5. 계절학교 아자 : 여름 · 겨울 방학 중 단기간 운영되는 프로젝트 프로그램이다.

주간보호센터
성인 중증장애인을 대상으로 낮 동안 전문인에 의한 재활 및 복지서비스를 제공하는 프로그램이다. 환대와 영성프로그램, 심리사회재활, 교육지도, 직업훈련, 재활치료, 가족기능 강화 등의 사업을 펼치고 있다.

직업재활팀
발달장애인의 일자리 창출과 장애인복지선교를 위해 카페와 베이커리를 운영하고 있다.
1. 피망카페 1호점(로뎀카페) : 창동염광교회
2. 피망카페 2호점 : 필름포럼 영화관(서울 이화여대 후문에 위치)
3. 피망베이커리 : 창동염광교회

신앙 · 협동 · 생활공동체
농장일터에서의 생산 활동으로 자립을 꿈꾸고 있다. 피망농장, 밥상공동체, 협동조합을 운영하며 장애인과 비장애인이 함께 공동체 생활을 만들어가고 있다.

Part 2

오늘은 아빠가 요리사

{ 희망셰프 토니오와 함께하는
아빠의 희망밥상 실전편 }

새콤하고 고소한

베이컨말이 초밥

> 66 아빠의 사랑을 돌돌돌 말아 접시에 담아 보세요.
> 아빠를 바라보는 아이들 눈에서 하트가 뿅뿅! 99

재료

- 베이컨 5~6줄
- 따뜻한 밥 1공기

배합초 재료

- 식초 2큰술
- 설탕 1큰술
- 참기름 1/2작은술

만들기

① 베이컨은 프라이팬에 노릇하게 구워주세요.

② '키친타월 등에 기름기를
빼서 준비해주세요.

③ 배합초는 분량의 재료를
넣고 섞어 준비합니다.

④ 설탕이 식초에 잘 녹아들
도록 고루 저어주세요.

⑤ 섞어준 배합초에 김이 모락모락 나는 밥을 넣으세요. 이때 밥을 비벼줄 그릇은 큰 것이 좋겠죠?

Tip - - - - - - - - - - - - -
베이컨이 짜기 때문에 밥에 소금 간은 하지 않아도 됩니다.

⑥ 밥에 배합초가 잘 섞이도록 고루 비벼 주세요.

⑦ 배합초가 고루 섞였으면 초밥 모양으로 동그랗게 말아주세요.

⑧ 동그랗게 만 밥을 베이컨으로 예쁘게 감싸주세요.

⑨ 접시에 담아 완성합니다. 로즈마리 가루를 뿌려주면 더 먹음직스러워 보여요.

memo

콩나물과 닭가슴살의 콩닥거리는 만남

콩닭갈비

일상에 지친 아내와 아이들에게 선물하는 매콤한 힐링푸드
맛있어서 콩닭! 고마워서 콩닭! 아빠 덕분에 콩닭콩닭!

재료

- 닭가슴살 2덩어리
- 콩나물 한 줌
- 깻잎 3~4장
- 양파 1/2개
- 새송이버섯
  2~3개
- 따뜻한 밥 1공기

양념장 재료

- 고춧가루 2큰술
- 고추장 2큰술
- 설탕 1큰술
- 사이다 1/2컵
- 된장 1/2큰술
- 다진 마늘 1큰술
- 참기름 1작은술

만들기

① 양념장은 준비한 분량의 재료를 고루 섞어 주세요.

② 닭가슴살과 양파, 새송
이버섯은 먹기 좋은 크
기로 썰어 준비하세요.

③ 깻잎은 가늘게 채를 썰
어주세요.

④ 양념장에 닭가슴살을 재
워 15~30분 정도 두세요.
(양념장에 재우지 않고
바로 해도 됩니다.)

⑤ 프라이팬에 기름을 살짝
두른 후 중불에 양파를
노릇하게 볶아주세요.

⑥ 닭가슴살을 넣고 볶아
주기 시작하세요.

⑦ 양념장이 탈 수 있으니
물을 약간 붓고 닭가슴살
을 완전히 익혀주세요.

⑧ 깻잎과 버섯을 넣고 2~3
분간 고루 저어가며 타
지 않게 잘 익혀주세요.

⑨ 콩나물을 넣고 강불에서
저어주세요.

⑩ 갓 지은 따뜻한 밥 위에 콩닭갈비를 올리고 그 위에 채 썬 깻잎을 올린 뒤 깨소금을 뿌려 주면 완성입니다.

memo

Recipe 17

성장기 어린이에게 최고! 참치의 DHA를 담은

참참참 오므라이스

" 우리 아이 성장판은 아빠가 열어줄게!
오물오물 맛있는 참참참 오므라이스로 아이 키 쑥쑥~ **"**

- 참치캔 작은 것 1개
- 밥 2공기
- 버터 1작은술
- 간장 1/2큰술
- 달걀 3개
- 소금
- 후추 약간
- 깨소금 약간

만들기

① 그릇에 달걀을 깨뜨려 흰자와 노른자가 섞이도록 저어주세요.

② 소금, 후추 간을 살짝 하세요.

③ 풀어준 달걀물을 팬에 넓고 얇게 둘러 약불에 천천히 익혀주세요.

④ 달걀이 익는 동안 따뜻한 밥에 참치, 버터, 간장, 깨소금, 참기름을 넣어주세요.

⑤ 고루 비벼주세요.

⑥ 계란이 반쯤 익었을 때
비벼둔 밥을 중간에 길게
올려 주세요.

⑦ 밥 위로 달걀을 덮어준
다음 뒤집어 마저 익혀주
면 완성.

⑧ 접시에 담고 기호에 따
라 파슬리, 케첩, 마요네
즈 등을 뿌려 먹습니다.

5분 만에 뚝딱 만드는 초간단 볶음 요리

타이라면

> **"** 끓여 먹는 라면이 지겨울 때 즐기는 볶음 라면!
> 이색 라면 요리로 '아빠 세프'의 실력을 보여주자구요~ **"**

재료

- 라면 2봉
- 양파 1/2개
- 호박 1/2개
- 팽이버섯
- 피망 1개

양념 재료

- 간장 1큰술
- 굴소스 1큰술
- 물 3~4큰술
- 꿀이나 조청 또는 물엿 약간
- 고추장 1작은술
- 참기름 약간

만들기

① 라면은 끓는 물에 맛있게 삶은 후 면만 건져 찬물에 헹궈 준비해 주세요.

② 양념장은 굴소스, 간장,
고추장, 참기름, 꿀, 물을
고루 섞어 준비하세요.

③ 호박과 피망은 속을 빼
고 얇게 슬라이스하고
양파도 얇게 슬라이스
해서 준비하세요.

④ 팬에 오일을 두른 뒤 강
불에 준비한 채소를 볶아
주세요. 이때 양파 먼저
볶다가 호박과 피망을 넣
고 볶습니다.

⑤ 채소가 아삭하게 익었으면 준비한 면과 양념장 3~4큰술 정도를 넣고 고루 비벼주세요.

⑥ 팽이를 넣고 약불에 볶으면 완성.

⑦ 예쁜 접시에 담아 완성합니다. 집에 있는 포크를 살짝 얹으면 음식이 더 맛있어 보여요!

Tip - - - - - - - - - - - - -
간이 싱거울 때는 소금으로 간을 맞춰 주세요. 양념장을 더 넣으면 굴소스의 향이 강해 음식의 맛이 좋지 않아요.

고구마의 화려한 변신

아삭바삭 황금볼

" 아이들의 눈과 입을 즐겁게 하는 인기 만점 간식!
세상에서 가장 달콤한 황금볼을 빚어주는 우리 아빠 킹왕짱!! "

- 고구마 2개
- 시리얼 한 줌
- 꿀 2~3큰술
- 견과류(땅콩, 잣, 호두, 아몬드 등)
- 우유 3~4큰술

만들기

① 고구마는 깨끗이 씻어준 뒤 비닐팩에 담아 전자 레인지에서 13~15분 정도 익혀 주세요.

② 고구마가 익을 동안 시
리얼은 비닐팩 등에 넣
고 너무 곱지 않게 부숴
주세요.

③ 견과류는 칼로 다져 준
비하세요.

④ 시리얼과 견과류를 접시
에 넓게 펼쳐 주세요.

⑤ 잘 익은 고구마의 껍질을 벗겨 그릇에 담아 우유를 넣어 주세요.

⑥ 꿀을 넣고 고루 섞어주세요.

⑦ 고루 섞어준 고구마반죽을 동그랗게 빚어주세요.

Tip - - - - - - - - - - - - - -
수분이 날아가면 우유를 조금 부어주세요.

⑧ 동그랗게 빚은 고구마 볼을 꿀에 한번 굴려 주세요.

⑨ 꿀에 굴린 고구마볼을 시리얼과 견과류에 굴려 주세요.

⑩ 넓은 접시, 이왕이면 예
쁜 접시면 좋겠죠? 잘 담
아 완성해주세요.

알을 품은 밥

알밥

> **"** 만드는 건 간단해도 맛과 영양은 최고!
> 아빠의 사랑을 품은 알밥으로 점수 좀 팍팍 따볼까요? **"**

재료

- 김 가루 1줌
- 메추리알 10알
- 밥 1공기
- 멸치볶음 반찬 1큰술

만들기

① 멸치볶음을 칼로 잘게 잘라 주세요.

② 그릇에 따뜻한 밥을 담
아 주세요.

③ 멸치를 넣어 밥과 고루
섞어 주세요.

④ 메추리알을 밥으로 동그
랗게 감싸 주세요.

Tip - - - - - - - - - - - - - - -
메추리알은 직접 삶아도 되
고 삶은 메추리알을 구입해
도 됩니다. 또는 계란을 사용
하면 더 큰 알밥을 만들 수 있
습니다.

⑤ 김 가루에 여러 번 굴려
주세요.

⑥ 넓직한 접시에 담아 김
가루를 더 뿌린 후 완성
하세요.

Recipe 21 **불고기 볶음밥을 색다르게 즐기는**

불고기 또띠아

66 불고기 볶음밥과 또띠아로 만드는 우아한 별식
센스 있는 아빠는 느낌 아니까~! 99

재료

- 소고기 다짐육 200g
- 식은밥 1공기
- 애호박 1/2개
- 표고버섯 2~3개
- 피자치즈 3~4큰술
- 양파 1/2개
- 또띠아 2장

양념장 재료

- 간장 4~5큰술
- 다진 마늘 1큰술
- 다진 양파 1큰술
- 참기름 1작은술
- 후추 약간

만들기

① 소고기 다짐육에 참기름, 간장, 다진 양파, 후추, 다진 마늘 등 양념재료를 넣어 고루 버무려 준비하세요.

② 채소는 손질해 모두 먹기 좋은 크기로 잘게 썰어 준비해 주세요.

Tip - - - - - - - - - - - - - - -
1. 양파는 다지고, 표고버섯은 꼭지 떼어 다지고, 호박은 씨를 제거하고 다져 주세요.
2. 버섯은 향미를 높이기 위해 물에 씻지 않고 헝겊 등으로 먼지만 닦아 주세요.

③ 달구어진 팬에 오일을 두르고 버무려둔 고기를 넣고 중불에 볶아주세요.

④ 준비해둔 채소를 넣고 중불에서 같이 볶아주세요.

⑤ 식은밥을 넣고 고루 섞어
가며 1~2분 정도 강불에
볶아주세요.

⑥ 또띠아를 펼치고 그 위
에 치즈를 뿌려주세요.

⑦ 뜨거운 밥을 올려주세요.

⑧ 밥 위에 또 치즈를 뿌려
주세요.

⑨ 동그랗게 말아주면 완성.

⑩ 먹기 좋게 자릅니다.

⑪ 사각접시나 길쭉한 접시
에 담아내세요.

Tip - - - - - - - - - - - - - -
남은 음식은 식혀 냉장고에
두었다가 먹기 직전 전자래인
지에 1~2분 정도 데워서 먹어
도 됩니다.

카레와 김치가 매콤하고 시원하게 어우러진

카레 김치찌개

> 아이들이 좋아하는 카레와 살코기로 만든 보글보글 김치찌개
> 이거 우리 아빠가 만든 거 맞아?

재료

- 잘 익은 김치(잘게 썰어 밥
  1공기 분량)
- 찌개용 순살 돼지고기 70g
- 시판용 매운맛 카레가루
  1큰술
- 다진 마늘 1큰술
- 고추장 1/2큰술
- 고춧가루 1큰술
- 소금, 후추 약간
- 다진 양파 1큰술
- 물 2~3컵

만들기

① 돼지고기를 원하는 크기
로 썰어 주세요.
고기는 안심이나 등심,
앞다리 살 등 모든 부위
가 가능합니다.

② 고기를 카레가루에 버무
려 준비해 주세요.

③ 달구어진 프라이팬에 오
일을 두른 후 다진 양파
와 마늘을 넣고 중불에
볶아주세요.
노릇하게 볶아 향을 내
야 돼지고기 냄새를 잡
을 수 있어요.

④ 돼지고기를 넣고 2~3분
간 중불에 볶아주세요.

⑤ 먹기 좋은 크기로 자른
김치를 넣고 타지 않게
강하게 볶아주세요.

Tip - - - - - - - - - - - - - - -
여기서 포인트! 김치찌개의
기본은 김치 맛. 김치가 맛
있어야 찌개도 맛있어요.

⑥ 고춧가루, 고추장을 넣고
노릇하게 볶아주세요.

⑦ 소금과 후추로 간을 해
주세요.

⑧ 물 2~3컵을 붓고 뚜껑을 덮어 중불에 7~8분쯤 끓여주세요.

⑨ 취향에 따라 소금 간을 해서 맛있는 김치찌개 완성.

Tip ----------------
호박이나 두부 등을 곁들이고 싶을 때에는 김치찌개가 끓기 시작한 지 6~7분쯤 지났을 때 먹기 좋게 썰어 넣어준 다음 3~4분 정도 약불에 끓여내면 완성입니다.

memo

나물과 두부가 들어가 더욱 담백한

나두야 갈비

우리 아빠는 욕심쟁이 우후훗~! 99

재료

- 돼지고기 다짐육
  200~250g
- 다진 마늘 1큰술
- 두부 1/2모
- 시금치나 고사리 등
  반찬용 나물
- 다진 양파 1큰술
- 옥수수 전분 1~2큰술
- 밥 1공기

양념 재료

- 시판용 돈가스
  소스 2큰술
- 간장 2~3큰술
- 꿀 또는 물엿
  1큰술
- 후추 약간

만들기

① 오목한 그릇에 돼지고기를 담아 다진 양파, 소금, 후추, 꿀, 돈가스 소스, 간장, 두부를 넣어 주세요.

② 나물은 잘게 다져 넣으세요. 나물은 어떤 나물이든 상관없어요.

③ 준비한 재료를 고루 섞어주세요.

Tip ----------------
두부가 잘 으깨져야 반죽이 잘 돼요.

④ 재료가 잘 뭉쳐지도록 전분가루를 뿌려서 섞어주세요.

⑤ 재료가 잘 섞였으면 둥글넓적하게 모양을 잡아주세요.

⑥ 달구어진 팬에 오일을 두른 뒤 모양을 잡아준 떡갈비를 구워주세요.

Tip ----------------
떡갈비가 잘 뭉치지 않으면 달걀물을 한 번 입혀주세요.

⑦ 떡갈비를 뒤집어가며 약 중불에서 타지 않게 구우면 완성.

⑧ 그릇에 갓 지은 밥을 담고 그 위에 떡갈비를 얹어 맛있게 드시면 됩니다.

달걀의 특별한 외출

노란 눈 치즈밥

> 집에서도 캠핑 가서도 간단하고 특별하게!
> 아빠의 요리를 먹고 자란 아이는 행복합니다.

- 달걀 2개
- 다진 양파 1큰술
- 슬라이스 치즈 1장
- 소금

- 후추 약간
- 밥 1공기
- 깨소금 약간

만들기

① 달걀은 유리볼 등에 깨뜨려 주세요.

② 달걀에 소금과 후추로 간을 해주세요.

③ 노른자와 흰자가 섞이도록 고루 저어주세요.

④ 달구어진 팬에 기름을 약간 둘러준 뒤 다진 양파를 볶아 향을 내어줍니다.

⑤ 양파가 투명하게 변하기
시작하면 저어놓은 달걀
을 부어주세요. 이때 불은
계속 중불입니다.
자! 그럼 10초를 세어주
세요. 10초가 되면 불을
약불로 줄여주세요.

⑥ 주걱 등을 이용해 달걀을
빠르게 저어 몽글몽글 먹
기 좋은 스크램블에그를
만들어 주세요.

⑦ 그릇에 따뜻한 밥을 담
고 그 위에 스크램블에
그를 듬뿍 올려 주세요.

⑧ 그 위에 슬라이스 치즈를 한 장 올리세요.

⑨ 맛있는 노란 눈 치즈밥이 완성됩니다. 기호에 따라 케첩 등을 뿌려 먹어도 좋아요.

memo

Recipe 25 | **추억 돋는 간장 버터밥의 업그레이드 버전**

오징어 간장 버터밥

> 66 아빠의 요리는 사랑이자 추억입니다.
> 영양 만점 오징어로 사랑과 추억을 맛있게 비벼 주세요. 99

- 소금, 후추 약간
- 오징어 다리 1마리 분량
- 간장 1큰술
- 버터 1작은술
- 잘게 썰어준 당근 1큰술
- 밥 1공기
- 참기름 1~2방울
- 무순 약간

만들기

① 오징어 다리는 흐르는 물
에 깨끗이 씻어 잘게 썰
어주세요.

Tip ---------------
오징어 몸통을 함께 사용해
도 좋습니다. 오징어 몸통도
잘게 썰어주세요.

② 달구어진 팬에 오일을
두른 후 당근을 볶아주
세요.

③ 잘게 썬 오징어를 넣고
소금과 후추로 간을 해
볶아주세요.

④ 그릇에 따뜻한 밥을 담
아주세요.

⑤ 밥 위에 볶아준 오징어
다리를 올려 주세요.

⑥ 그 위에 간장을 1큰술 뿌려 주세요.

⑦ 그다음 참기름을 한두 방울 떨어뜨려 주세요.

⑧ 마지막으로 버터를 1큰술 얹고 무순 등을 올려 고루 비벼주면 완성.

만두학교에 새로 온 전학생

단호박 바삭만두

고구마, 감자, 치즈 등 어떤 재료라도 응용 가능해요.
만두의 혁명을 주도하는 우리 아빠 능력자!! ❞

- 만두피 10~12장
- 단호박 중간크기 1개
- 옥수수 전분 1~2큰술
- 우유 4~5큰술
- 꿀 1큰술
- 달걀 1~2개

만들기

① 단호박은 깨끗이 씻어 반을 갈라 숟가락 등으로 씨를 제거해 주세요.

② 단호박을 비닐팩 등에 담아 전자레인지에 12분 정도 익혀 준비해 주세요.

③ 익힌 단호박은 뜨거울 때 큰 볼에 껍질째 담아 으깨 주세요.

④ 단호박에서 물이 나올 땐 전분가루로 농도를 맞춰 주세요.

⑤ 단호박에 꿀과 우유를 넣고 고루 섞어 반죽해 주세요.

⑥ 만두피 위에 단호박을 적당량 올려 주세요.

⑦ 만두피 가장자리에 풀어준 달걀물을 발라 주세요.

⑧ 반으로 접어 만두 모양
으로 만들어 주세요.

⑨ 달구어진 팬에 기름을
충분히 두르고 만두를
구워요.

⑩ 노릇하게 구워내면 완성.

소고기 이불을 덮은

가래떡 스테이크

" 아빠도 할 수 있다! 10분이면 완성되는 명품 요리
오늘은 어깨에 힘 좀 팍팍 주셔도 돼요~ "

만들기

① 가래떡을 먹기 좋게 잘라 주세요.

② 자른 가래떡은 불고기용
소고기로 말아주세요.

Tip - - - - - - - - - - - - - - -
잘 말아지지 않으면 이쑤시개
등으로 고정하여 풀리지 않게
해주세요.

③ 소스재료는 케첩, 돈가스
소스, 굴소스, 간장, 꿀,
물을 모두 함께 섞어 준
비해 주세요.

④ 달구어진 팬에 소고기를
만 가래떡을 올려 구워
주세요.

⑤ 이때 소금, 후추를 뿌려
간을 해주세요.

⑥ 고루 익도록 뒤집어가며
구워 주세요.

⑦ 고기가 거의 익었을 때
준비한 소스를 부어 주
세요.

Tip --------------
고기가 타지 않게 약간의 물
을 부어 주세요.

⑧ 양송이버섯은 먹기 좋은 크기로 썰어주세요.

⑨ 썰어준 양송이버섯을 팬에 넣어 주세요.

⑩ 약불에서 2~3분 정도 끓여 소스가 걸쭉해지면 완성.

⑪ 길쭉한 접시에 담아 깨소금이나 실파를 뿌리면 더욱 먹음직스러워 보여요.

초간단 이탈리아 요리

고추참치 파스타

> 자꾸 자꾸 먹고 싶어지는 '아빠표 파스타'
> 가족 눈치는 이제 그만, 오늘은 아빠가 왕입니다요!!

- 참치캔 작은 것 1/2개
- 파스타면 100g
- 방울토마토 15개
- 매운 고추 1개
- 허브가루 1작은술
- 다진 양파 1큰술
- 따뜻한 물 500ml
- 소금
- 후추

만들기

① 소금 간을 한 물에 파스타면을 삶아 주세요. 이때 면을 삶는 시간은 구입한 파스타 겉봉에 써 있어요. 면은 자주 저어주어야 면끼리 붙지 않아요.

② 방울토마토는 잘 익은
것으로 구입해 모두 반
으로 잘라 놓으세요.

Tip - - - - - - - - - - - - - - -
잘 익은 방울토마토를 써야
맛이 좋아요.

③ 매운 고추는 얇게 썰어
주고 양파는 잘게 다져
놓으세요.

④ 달구어진 팬에 오일을 두
른 후 방울토마토, 다진
양파, 참치, 허브가루, 후
추, 소금을 순서대로 넣
고 타지 않게 볶아 주세
요. 이때 강불에서 강하
게 볶아줘야 해요.

⑤ 파스타면을 삶은 물이나 따뜻한 물을 3~4국자 넣어 주세요.

⑥ 얇게 썰어둔 고추를 넣으세요.

⑦ 토마토는 주걱으로 으깨주고 토마토가 익으면 다시 물을 넣고 3~4분 지난 뒤 다시 물을 조금씩 넣는 식으로 부드럽고 걸쭉하게 끓여 주세요.

⑧ 잘 삶아진 면은 건져 바로 소스가 끓고 있는 팬에 넣어 주세요.

⑨ 면을 넣고 1~2분 정도 끓여 마무리로 소금 간을 하면 완성.

⑩ 오목한 접시에 맛있게 담
아 내세요.

Recipe 29 | 식은밥의 변신은 무죄

치즈밥탕

> **완전식품 '치즈'와 식은밥의 러블리한 변신**
> **아이와 아빠 사이도 더욱 고소해져요!**

- 식은밥 1공기
- 달걀 1개
- 피자치즈 1컵
- 소금, 후추 약간
- 양파 1/2개
- 오일 조금

만들기

① 유리볼에 식은밥을 넣어
주세요.

② 소금과 후추로 간을 해
주세요.

③ 밥에 달걀을 깨뜨려 넣
고 고루 섞어 주세요.

④ 양파는 채를 썰어 주세요.

⑤ 오븐용기에 섞어준 밥을
담아 주세요.

⑥ 그 위에 피자치즈를 듬뿍
뿌려 주세요.

⑦ 치즈 위에 썰어둔 양파
를 뿌려 주세요.

⑧ 볶음용 오일을 조금 뿌려 주세요.

⑨ 180도 오븐에서 5분~10분 또는 전자레인지에서 4~5분 정도 익혀주면 완성.

memo

토마토와 김치의 이색 콜라보

토마토 김치 비빔국수

❝ 토마토와 김치로 상큼하게 즐기는 웰빙 비빔국수
아빠의 손맛으로 아이들 입맛이 살아나요! **❞**

재료

- 소면
- 토마토 1개
- 잘 익은 배추
  김치 다져서
  2~3큰술
- 삶은 달걀 1개
- 오이 1/2개

양념 재료

- 매실청 또는 꿀
  2큰술
- 김칫국물 3~4
  큰술
- 고추장 1/2큰술
- 식초 1큰술
- 참기름 1작은술
- 설탕 약간

만들기

① 소면은 소금 간을 한 끓
는 물에 넣어 주세요.

② 소면을 휘휘 저어주다가
끓어오르자마자 찬물을
한 대접 부어주세요.

③ 다시 끓어오르면 건져 찬
물에 헹궈 주세요.

④ 찬물에 헹군 소면을 오목
한 그릇에 담아 주세요.

⑤ 토마토는 반을 갈라 4등
분해 주세요.

⑥ 토마토의 씨 부분을 제거
해 주세요.

⑦ 씨 부분을 제거한 토마
토를 가늘게 채 썰고 오
이도 씨 부분을 제거해
채 썰어 준비해 주세요.

⑧ 김치를 잘게 다져 주세요.

⑨ 그릇에 김치, 김칫국물, 토마토, 오이, 고추장, 참기름, 식초, 꿀, 설탕을 넣어주세요.

⑩ 모두 섞어 비벼 주세요. 이때 당도는 설탕을 조금씩 넣어 조절합니다.

⑪ 그릇에 담아둔 국수에 양념한 김치를 올려 주세요.

⑫ 채 썰어둔 토마토나 오이 등을 취향에 맞게 곁들여 주세요.

⑬ 삶은 달걀을 잘라 올려 주면 완성.

⑭ 무순이나 어린잎 채소로 장식해 주면 보기도 좋고 먹기도 좋아요.

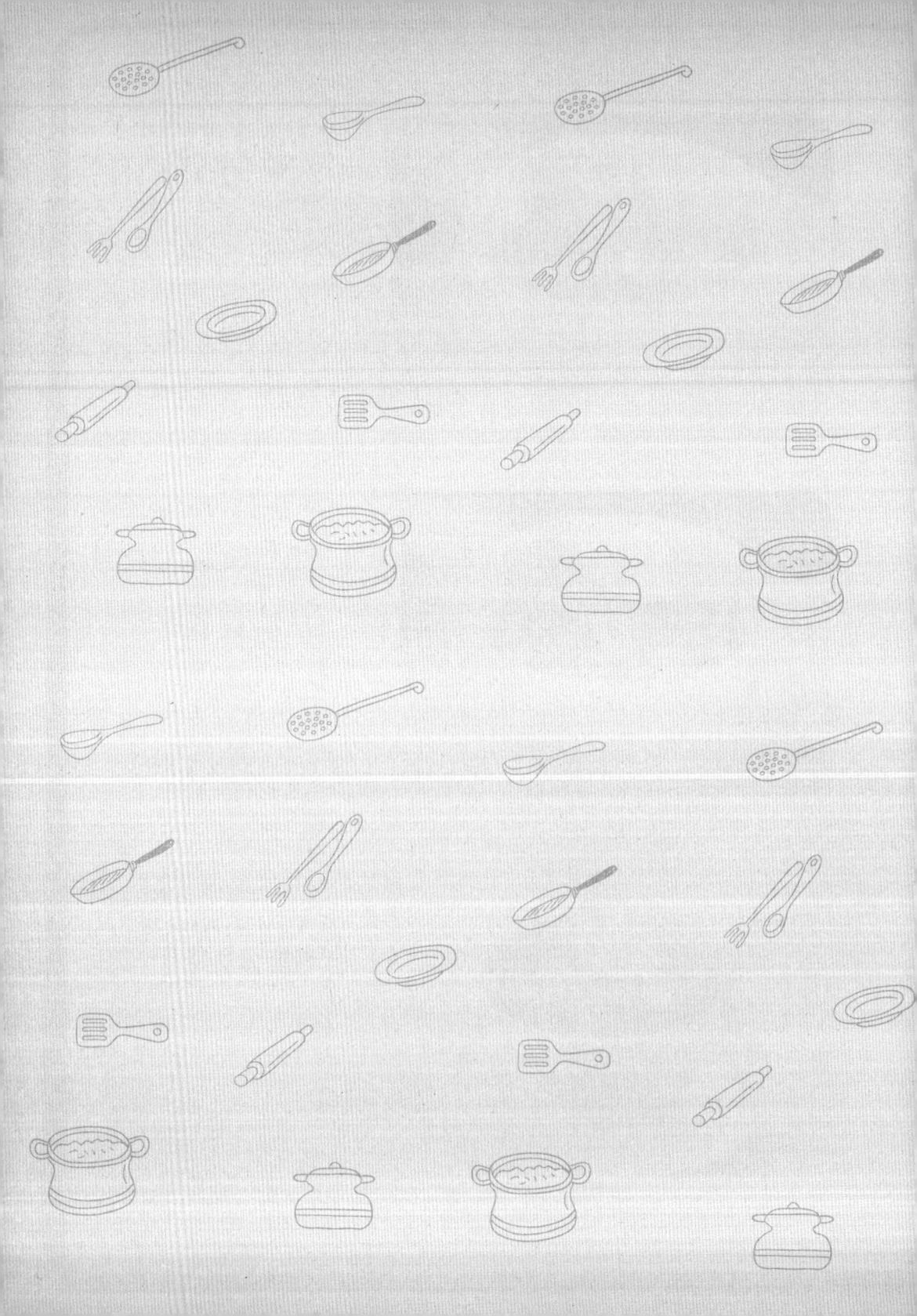